*मूर्ति पूजा रहस्य*

# मूर्ति पूजा करें या न करें

कैसे करें ईश्वर की सच्ची आराधना

**UPDATED VERSION**

बेस्टसेलर पुस्तक
'विचार नियम'
के रचनाकार

## सरश्री

ज्ञान पाने के लिए मूर्ति में विश्वास रखें या न रखें

# मूर्तिपूजा करें या न करें

**कैसे करें ईश्वर की सच्ची आराधना**

by **Sirshree** Tejparkhi

**प्रथम आवृत्ति : दिसंबर 2019**

**प्रकाशक : वॉव पब्लिशिंग्ज् प्रा. लि., पुणे**

**ISBN : 978-81-84-15-696-6**

© Tejgyan Global Foundation
All Rights Reserved 2019.
Tejgyan Global Foundation is a charitable organization
with its headquarters in Pune, India.

**© सर्वाधिकार सुरक्षित**

वॉव पब्लिशिंग्ज् प्रा. लि. द्वारा प्रकाशित यह पुस्तक इस शर्त पर विक्रय की जा रही है कि प्रकाशक की लिखित पूर्वानुमति के बिना इसे व्यावसायिक अथवा अन्य किसी भी रूप में उपयोग नहीं किया जा सकता। इसे पुनः प्रकाशित कर बेचा या किराए पर नहीं दिया जा सकता तथा जिल्दबंद या खुले किसी भी अन्य रूप में पाठकों के मध्य इसका परिचालन नहीं किया जा सकता। ये सभी शर्तें पुस्तक के खरीददार पर भी लागू होंगी। इस संदर्भ में सभी प्रकाशनाधिकार सुरक्षित हैं। इस पुस्तक का आंशिक रूप में पुनः प्रकाशन या पुनः प्रकाशनार्थ अपने रिकॉर्ड में सुरक्षित रखने, इसे पुनः प्रस्तुत करने की प्रति अपनाने, इसका अनूदित रूप तैयार करने अथवा इलेक्ट्रॉनिक, मैकेनिकल, फोटोकॉपी और रिकॉर्डिंग आदि किसी भी पद्धति से इसका उपयोग करने हेतु समस्त प्रकाशनाधिकार रखनेवाले अधिकारी तथा पुस्तक के प्रकाशक की पूर्वानुमति लेना अनिवार्य है।

---

Murtipuja Kare Ya Na Kare
Kaise Kare Ishwar ki Sachhi Aaradhna

यह पुस्तक समर्पित है उस महान चित्रकार को,
जिसने निराकार ईश्वर को पहली बार किसी साकार रूप में गढ़ा
और भक्तों के लिए ईश्वर भक्ति को सहज बनाया।

## विषय सूची

| | | |
|---|---|---|
| भूमिका | ईश्वरीय सत्ता को माननेवाले की दुविधा | 7 |
| अध्याय 1 | मूर्तिपूजा का इतिहास<br>निराकार से साकार की ओर | 11 |
| अध्याय 2 | उपासना किसकी क्यों करें?<br>ईश्वर कौन है? | 14 |
| अध्याय 3 | उपासक कौन है?<br>माया की माया | 18 |
| अध्याय 4 | पूजा रहस्य<br>ईश्वर दर्शन की आस | 21 |
| अध्याय 5 | निराकार का साकार रूप<br>हर मूर्ति कुछ कहती है | 24 |
| अध्याय 6 | गुणों का मूर्तिरूप<br>हर मूर्ति क्या कहती है | 28 |
| अध्याय 7 | मूर्तिपूजा करें या न करें<br>मूर्तिपूजा रहस्य | 31 |
| अध्याय 8 | साकार में निराकार के दर्शन<br>मूर्तिपूजा की पूरी समझ | 34 |
| अध्याय 9 | प्रकृति के प्रति आभार अभिव्यक्ति<br>प्राकृतिक तत्त्वों और संसाधनों की पूजा | 38 |

| अध्याय 10 | जड़ में चेतना के दर्शन | 42 |
| --- | --- | --- |
| | निर्जीव वस्तुओं की पूजा | |
| अध्याय 11 | यज्ञ और उपवास रहस्य | 45 |
| | पूजा पद्धतियों की पहली समझ | |
| अध्याय 12 | आरती और नैवेद्य अर्पण रहस्य | 49 |
| | पूजा पद्धतियों की पूर्ण समझ | |
| अध्याय 13 | मूर्तिपूजा में खबरदारी | 53 |
| | मूर्ति में न अटकें, लक्ष्य साधें | |
| अध्याय 14 | मूर्तिपूजा पर संतों के वचन | 58 |
| | जिसमें समझ नहीं, वह पूजा नहीं | |

# ईश्वरीय सत्ता को माननवाले की दुविधा

## भूमिका

जन्म से ही इंसान जिज्ञासु एवं खोजी प्रकृति का रहा है। आरंभ से ही उसकी खोज का सबसे बड़ा विषय रहा है- ईश्वरीय सत्ता। वह जानना चाहता है कि ऐसी कौन सी शक्ति है, जिससे उसका और इस संपूर्ण ब्रह्मांड का अस्तित्त्व कायम है... पूरी सृष्टि एक व्यवस्था से कैसे चल रही है?

जब इंसान गुफाओं में रहता था, जब उसे ज़्यादा समझ नहीं थी तब भी वह उस ईश्वरीय सत्ता को जानने-समझने का प्रयास करता था और जैसा उसने समझा-जाना, उसके चिन्ह उसने गुफाओं के भीतर खोदे। इसीलिए पाषाण युग की गुफाओं में आज भी देवी-देवताओं के भित्ति चित्र मिलते हैं।

मगर 'ईश्वर है या नहीं' इस प्रश्न का आज तक उसे कोई ठोस, तार्किक, प्रमाणिक, सर्वमान्य जवाब नहीं मिला है। इस प्रश्न पर लोग दो भागों में बँटकर वाद-विवाद करते रहते हैं। ईश्वरीय सत्ता को माननेवाले आस्तिक और उसे नकारनेवाले नास्तिक कहलाते हैं। दोनों के पास अपने-अपने तर्क हैं। दोनों ही खुद को सही और दूसरे को गलत समझते हैं।

बात यहीं खत्म नहीं हो जाती, ईश्वर में विश्वास रखनेवाले आस्तिक लोग भी पुनः दो भागों में बँटे हुए खुद को सही और दूसरे को गलत समझते

हैं। इनमें एक वर्ग ईश्वर को निराकार ऊर्जा मानकर उसकी ध्यान साधना करता है और दूसरा उसे साकार मानकर मूर्ति रूप में पूजता है। दोनों के पास अपने-अपने मतानुसार तर्क और उदाहरण हैं।

निराकार मार्ग का साधक वेदों की वाणी को सामने लाकर, ईश्वर को सर्वव्यापी, असीम और ऊर्जारूप बताएगा। वह गुरुनानकजी, भगवान बुद्ध, संत कबीर, भगवान महावीर जैसे आत्मसाक्षात्कारी विभूतियों का उदाहरण प्रस्तुत करेगा, जो उसके मत के अनुरूप हैं। वही दूसरी ओर साकार मार्ग पर चलनेवाला मूर्तिपूजक भक्त पुराणों और अन्य धार्मिक ग्रंथों में वर्णित ईश्वरीय अवतारों और देवी-देवताओं के प्रकट होने की कथाओं को सत्य मानेगा। वह मीरा, तुलसीदास, सूरदास, चैतन्य महाप्रभु जैसे आदर्श साकार भक्तों के उदाहरण प्रस्तुत करेगा।

इन दोनों के बीच फँसा एक तीसरा बड़ा वर्ग भी है, जो आस्तिक तो है मगर साकार-निराकार की दोनों थ्योरी के बीच कनफ्यूज रहता है। उसके सामने हमेशा ये सवाल रहते हैं कि मूर्तिपूजा सही है या नहीं? मूर्तिपूजा करनी चाहिए या नहीं? क्या मूर्तिपूजा से ईश्वर का साक्षात्कार किया जा सकता है या यह व्यर्थ है?

ऐसे में कभी वह किसी निराकार मार्ग के गुरु को सुनता है या ग्रंथ पढ़ता है तो उसे लगता है, 'हाँ यही सही है।' फिर वह अपने परिवार-मित्र आदि को मूर्तिपूजा करते हुए और उसका लाभ लेते हुए देखता है तो उसे लगता है, 'इसमें क्या गलत है?' इस तरह उसकी दुविधा बनी रहती है और दोनों के बीच झूलते हुए वह आगे बढ़ नहीं पाता, उसका आध्यात्मिक विकास नहीं हो पाता।

यह पुस्तक इसी तीसरे वर्ग को ध्यान में रखकर लिखी गई है। जो साधक के प्रत्येक सवाल का जवाब देगी और उसे मूर्तिपूजा रहस्य समझाएगी। इस पुस्तक से उसे अपने प्रत्येक सवाल का जवाब मिलेगा जैसे-

- ईश्वर कौन है, कैसा है? वह निराकार है या साकार?
- अगर वह निराकार है तो उसे मूर्तिरूप में क्यों पूजा जा रहा है?
- सर्व प्रथम यह प्रथा किसने बनाई, उसके पीछे क्या उद्देश्य था?
- क्या आज भी वह उद्देश्य सार्थक हो रहा है?
- कैसे करें ईश्वर की सच्ची आराधना?

- ज्ञान पाने के लिए मूर्ति में विश्वास रखें या न रखें?

इस पुस्तक में दी गई समझ को आत्मसात कर, न सिर्फ इंसान की ईश्वर उपासना संबंधित समस्त दुविधाएँ दूर होंगी बल्कि आप निराकार-साकार, आस्तिक-नास्तिक... इन सभी लेबल्स से परे होकर, शुद्ध सत्य (ईश्वर) को जानने लगेंगे। भगवान बुद्ध या मीरा की तरह परम सत्ता को अनुभव से जानकर, आस्तिकता और नास्तिकता, दोनों से परे हो जाएँगे।

तो आइए, मूर्तिपूजा संबंधी समस्त भ्रम मिटाने का आयोजन शुरू करते हैं।

...सरश्री

> मीरा ने सत्य जाना - कृष्ण की मूर्ति साथ रखी।
> नानक ने सत्य जाना - निराकार को पूजा।
> रामकृष्ण ने सत्य जाना - माता की मूर्ति को पूजा।
> बुद्ध ने सत्य जाना - ध्यान व शून्य का गुणगान किया।
> आप भी सत्य जानो - फिर होने दो, जो हो,
> मूर्तिपूजा हो या ना हो।

अध्याय १

# मूर्तिपूजा का इतिहास
## निराकार से साकार की ओर

संसार में ईश्वर की पूजा के लिए विभिन्न प्रकार की क्रियाएँ, कर्मकाण्ड, रीति-रिवाज आदि प्रचलित हैं। उन्हीं में से एक है मूर्तिपूजा। मूर्तिपूजा शब्द दो शब्दों से मिलकर बना है- मूर्ति और पूजा। मूर्ति का अर्थ है प्रतिमा और पूजा का अर्थ है स्तुति, पाठ, जप, ध्यान, सेवा, भजन-कीर्तन आदि द्वारा ईश्वर की उपासना करना। मूर्तिपूजा के अंतर्गत ईश्वर के किसी प्रचलित साकार रूप की प्रतिमा या चित्र को ईश्वर का प्रतीक मानकर, उस मूर्ति की पूजा की जाती है। यह कैसे की जाती है, मंदिरों और घरों में आपने कभी न कभी देखा ही होगा। उस मूर्ति को जीवंत मानकर उसकी स्तुति करना, भोग अर्पण करना, स्नान कराना, वस्त्र, आभूषण, फूल, माला आदि से श्रृंगार करना, शयन कराना, भजन-कीर्तन आदि सभी क्रियाकलाप मूर्तिपूजा के हिस्से हैं। मंदिरों या घरों में ही नहीं बल्कि लोग अपने ऑफिस में, दुकानों पर, कार में, पर्स में भी वह मूर्ति या चित्र रखते हैं जिनमें उन्हें ईश्वर दिखता है। ऐसा करने से उन्हें लगता है कि ईश्वर उनके साथ है। यदि वे ऐसा नहीं करें तो वे ईश्वर की उपस्थिति महसूस नहीं कर पाते।

### मूर्तिपूजा का आरंभ

मूर्तिपूजा का इतिहास बहुत प्राचीन है। वैदिक काल (वेदों के काल) से भी पहले पाषाण युग का मानव प्रकृति के विभिन्न घटकों और उनकी

शक्तियों से परिचित था। धीरे-धीरे उसमें यह समझ विकसित हो गई थी कि प्रकृति की शक्ति के आगे मानव शक्ति कुछ भी नहीं। प्रकृति उससे कई ज़्यादा शक्तिशाली है और उसका जीवन प्रकृति के रहमो-कर्म पर है। इसलिए वह जल, अग्नि, वायु, बारिश, सूर्य, चाँद-तारे, नाग, सिंह, पहाड़, पेड़ आदि प्राकृतिक शक्तियों से प्रार्थना कर अपनी मंगल कामना करने लगा था। इन शक्तियों को उसने देवी-देवता मानकर चित्र और मूर्ति के रूप में भी प्रस्तुत किया।

## निराकार मार्ग

जिस काल में वेदों की रचना हुई, उस तक इंसान को यह समझ आ चुकी थी कि इन प्राकृतिक शक्तियों से परे भी ऐसी कोई शक्ति है, जो इस संपूर्ण प्रकृति को संचालित कर रही है। वह शक्ति महाशक्ति है, जो इस संपूर्ण सृष्टि के मूल में है। उसी से पूरे ब्रह्माण्ड का अस्तित्त्व है। पूर्वकाल में अनेकानेक मुनियों-योगियों ने उस परम शक्ति को अनुभव से जाना। उनके द्वारा वेदों में उसका गुणगान किया गया, जहाँ उस परमशक्ति को एकमेव 'ब्रह्म' कहा गया। वेदों में उस निराकार, सर्वव्यापी 'ब्रह्म' की उपासना पर ज़ोर दिया गया, जिसका मार्ग ध्यान साधना बताया गया। इस तरह ईश्वरीय सत्ता की पहचान के साथ शुरू हुआ निराकार साधना का मार्ग जो काफी समय तक अकेला मार्ग रहा।

निराकार मार्ग में एकमेव ईश्वर (ब्रह्म) को निराकार, सर्वव्यापी, महाशून्य, अनंत, असीम, अदृश्य ऊर्जारूप माना गया, जिसे ध्यान साधना से अनुभव किया जा सकता है। इस मार्ग में ध्यान और यज्ञ, ये दोनों ही उपासना की विधियाँ थीं। ध्यान में शांत भाव से अपने भीतर उतरकर, शरीर से पार होकर ब्रह्म (सेल्फ) को अनुभव करने का प्रयास किया जाता है। जबकि यज्ञ में प्रकृति के तत्त्वों का आवाहन कर, उन्हें समर्पित भाव से धन्यवाद दिया जाता है और उनकी कृपादृष्टि की प्रार्थना की जाती है। निराकार मार्ग को अद्वैतवाद (ईश्वर के सिवा कोई दूसरा नहीं) और एकेश्वरवाद (ईश्वर एक ही है, अलग-अलग नहीं) भी कहा जाता है, जिसका मूल ऋग्वेद, उपनिषद् और गीता में मिलता है।

## साकार मार्ग की शुरुआत

अथर्ववेद और पुराणों की रचना के बाद ईश्वर उपासना का साकार मार्ग सामने आया, जिनमें सर्वप्रथम निराकार महाशून्य परमब्रह्म को एक गोलनुमा पिंड के रूप में दर्शाया गया, जिसे शिवलिंग कहा गया। शिवलिंग निराकार ईश्वर की सबसे पहली परिकल्पना थी। इसके अनेक प्रमाण वेद-पुराणों और ऐतिहासिक तथ्यों में मिलते हैं।

फिर धीरे-धीरे ईश्वरीय अवतारों की कहानियाँ सामने आईं, उनके अनेक रूप जैसे श्रीराम, श्रीकृष्ण, शंकर-पार्वती, देवी माँ, हनुमान आदि प्रचलित हुए, जिनकी मूर्तिपूजा होने लगी।

साकार साधना, निराकार साधना से आसान होने के कारण यह अधिकाधिक प्रचलन में आई। क्योंकि ईश्वर को निराकार के बजाय अपने समान मनुष्य देह में देखना-समझना मानव बुद्धि को आसान लगा। इसीलिए मूर्तिपूजा न करनेवाले भगवान बुद्ध, भगवान महावीर, संत कबीर आदि के शिष्यों ने भी पूजास्थल बनवा दिए, जहाँ उनकी मूर्तियाँ या समाधि स्थापित कर, उनकी मूर्तिपूजा होने लगी। श्रीकृष्ण ने गीता में अद्वैतवाद का उद्घोष किया है, पूजा के नाम पर चल रहे कर्मकाण्ड का विरोध किया है मगर सबसे ज़्यादा मूर्तिपूजा उन्हीं की होती है, सबसे मनमोहक मूर्तियाँ उन्हीं की बनी हुई हैं।

इसमें कोई दो राय नहीं। आज साकार साधना ही ज़्यादा प्रचलित और लोकप्रिय है। लेकिन यह सत्य है कि बहुत कम साधक सही समझ के साथ साकार साधना यानी मूर्तिपूजा करते हैं। मूर्तिपूजा के पीछे छिपी सही और गहरी समझ को आप आगे के अध्यायों में प्राप्त करेंगे।

> हर चीज़ उपयोगी है, हर चीज़ हो स्वीकार ॥
> काले को सफेद चाहिए, जीत को चाहिए हार ॥
> आकार को निराकार, निराकार को आकार ॥

*अध्याय २*

# उपासना किसकी क्यों करें?

## ईश्वर कौन है?

मूर्तिपूजा रहस्य को समझने से पहले हमें पूजा यानी ईश्वर की उपासना के रहस्य को समझना होगा कि पूजा क्यों की जाती है, पूजा करने का मूल उद्देश्य क्या है? और सबसे महत्वपूर्ण, पूजा किसकी की जाती है? वह ईश्वर कौन है, कैसा है, जिसकी पूजा की जाती है?

तो आइए, पहले उस ईश्वर का परिचय प्राप्त करें, जिनको प्रसन्न करने के लिए मूर्तिपूजा या अन्य किसी विधि से उपासना की जाती है।

### ईश्वर (सेल्फ) कौन है

'ईश्वर कौन है?' इंसानों के लिए इस सवाल का सीधा जवाब होगा - ईश्वर कुछ नहीं है। मगर यह 'कुछ नहीं' कुछ नहीं, नहीं है। इस 'कुछ नहीं' में ही सब कुछ है। तो फिर प्रश्न उठता है कि ईश्वर को 'कुछ नहीं' क्यों कहा जा रहा है? क्योंकि इंसान की इंद्रियों की शक्ति सीमित है। वह उसे ही कुछ समझता है जिसे देख सके, छू सके, सूँघ सके, शरीर के स्तर पर महसूस कर सके। मगर ईश्वर इंसान की इंद्रियों, मन और बुद्धि की पहुँच से बाहर है। इसीलिए इंसान के लिए पहला यही जवाब सही है। पर जैसे-जैसे वह इस 'कुछ नहीं' को खोजने और जानने का प्रयास करेगा, उसे इसका कुछ-कुछ सिरा मिलता जाएगा।

तो आइए, पहले हम ईश्वर को बुद्धि के स्तर पर ही समझने का प्रयास करते हैं।

यदि आपसे पूछा जाए 'पूरी सृष्टि के बनने से भी पहले क्या था?' तो आप कहेंगे- 'कुछ नहीं।' जबकि उस 'कुछ नहीं' के गर्भ से ही इस पूरी सृष्टि का निर्माण हुआ। ठीक ऐसे ही जैसे एक बीज को तोड़ने पर उसमें कुछ नहीं होता लेकिन उस एक बीज को रोपने पर समय अंतराल में एक पूरा जंगल खड़ा हो सकता है।

इस 'कुछ नहीं' को ही ब्रह्म, ईश्वर, अल्लाह या परमचैतन्य आदि नामों से जाना गया है। इस पुस्तक में हम इसे सेल्फ यानी स्व कहेंगे ताकि यह किसी धर्म विशेष की बात न लगे। यह सेल्फ ही इस पूरे ब्रह्मांड की एकमात्र ज़िंदा शक्ति है, जिससे यह पूरा ब्रह्मांड चल रहा है। इस शक्ति को आप तरंग या ऊर्जा भी कह सकते हैं। इसके होने से ही सब कुछ है और इसके न होने से कुछ नहीं रहता। यह ऊर्जा अपने मूल रूप में स्थित रहते हुए भी अन्य रूपों में मेनिफेस्ट यानी आभासित हो रही है। संसार में जो भी प्रकट, अप्रकट, जड़, चेतन, सूक्ष्म, स्थूल, है, वह इसी ऊर्जा का प्रकटीकरण है। यह ऊर्जा नाशरहित है जो कभी समाप्त नहीं होती। उसे परिवर्तित तो किया जा सकता है मगर समाप्त नहीं। गीता में श्रीकृष्ण ने भी कहा है- 'उस चेतना को तू नाशरहित जान, जिससे यह संपूर्ण जगत नज़र आता है।'

अब तो विज्ञान ने भी इस सत्य को स्वीकारा है कि संसार में जो कुछ भी है वह वास्तव में एनर्जी ही है। मगर इस संसार में ऐसे अनेक योगी, ध्यानी संत हुए हैं, जिन्होंने साधना के बल पर इस सत्य को सदियों पूर्व ही प्रकाश में ला दिया था। उनके कथन अनुसार संसार के खेल के पीछे एक ही परम शक्ति है, जो हर चीज़ के भीतर भी है और बाहर भी। वही शक्ति हमारे भी भीतर और बाहर है। इस परम शक्ति को जानने का अनुभव ही स्वअनुभव, स्वबोध या आत्मसाक्षात्कार आदि कहलाता है।

इस शक्ति का कोई नाम, आकार, आरंभ या अंत नहीं है। यह तो बस हमेशा से है और अनुभव से जानी जा सकती है। हम इंसान भी इसी शक्ति से निर्मित हैं या यू कहें मूलतः हम वही हैं। जिस तरह मिट्टी के खिलौने बनानेवाला एक ही मिट्टी से अलग-अलग खिलौने और वस्तुएँ बनाता है और उनके अलग-अलग नाम रख देता है। जैसे हाथी, घोड़ा, घड़ा, बर्तन आदि लेकिन होते वे मिट्टी ही हैं। इसी तरह ईश्वर ने भी सृष्टि में अपने ही अंश से अनेकानेक जड़ और चेतन विभूतियों का निर्माण किया, जो अंत में उसी में जा मिलती हैं।

## ईश्वर (सेल्फ) और उसकी माया

यह तो आपने पढ़ा कि ईश्वर (सेल्फ) अपने मूल रूप में निराकार, अप्रकट, अद्वैत, अनादि, अनंत है। यह उसकी समाधि अवस्था है। मगर वह स्वयं को जानना चाहता था, अपने गुणों का अनुभव करना चाहता था, अपनी सराहना करना, खुशी और आश्चर्य महसूस करना चाहता था इसलिए उसने एक खेल रचा। इस खेल को ईश्वर की माया कहा जाता है। माया, सेल्फ की लीला है।

ईश्वर ने माया रची और माया ने यह पूरा सृष्टि चक्र रचा। इस सृष्टि में सेल्फ के अतिरिक्त जो कुछ भी प्रकट, अप्रकट, दृश्य, अदृश्य, जड़-चेतन, सूक्ष्म-स्थूल है, वह सब माया है।

जब 'सेल्फ इन रेस्ट' है तो उस अवस्था में ईश्वर निराकार है, समाधि में है और जब 'सेल्फ इन ऐक्शन' है तो वह ईश्वर की क्रियाशीलता है, रचनात्मकता है। ईश्वर की क्रियाशीलता का नाम ही माया, प्रकृति, लीला आदि है। यहाँ अति महत्वपूर्ण समझने योग्य रहस्य यह है कि माया रचकर ईश्वर वास्तव में एक से दो नहीं हुआ, बस उसने दो होने का भ्रम उत्पन्न किया। यह भ्रम ही माया की वास्तविकता है। अर्थात माया का कोई अस्तित्त्व नहीं है बस प्रतीत होता है। यह इतना सच्चा और वास्तविक प्रतीत होता है कि पढ़ते, समझते पूरी उम्र निकल जाती है, फिर भी इंसान माया के भ्रमजाल से बाहर नहीं निकल पाता। सोचिए, ईश्वर कितना कुशल रचनाकार है, जिसने एक भ्रम को सत्य से भी अधिक जीवंत और विश्वसनीय बना दिया।

जैसे सिनेमा हॉल के परदे पर चल रहा दृश्य और उसके पात्र वास्तविक दिखते हैं, एक-दूसरे से बातें करते हैं, लड़ाई करते हैं, गाने गाते हैं मगर वास्तव में वे प्रकाश निर्मित होते हैं, जो प्रोजेक्टर द्वारा परदे पर उभर रहे होते हैं। इसी तरह समझिए, माया एक फिल्म की भाँति है जिसके अंदर पूरा संसार और उसके पात्र हैं। इस फिल्म के पात्र हम इंसान हैं, जो स्वयं को वास्तविक मानते हैं मगर हैं उसी ईश्वरीय ऊर्जा से निर्मित। इस महान फिल्म का निर्माता, निर्देशक, यहाँ तक कि ऐक्टर भी स्वयं ईश्वर है। जिसने रचनात्मकता, खुशी, आश्चर्य और सराहना को अनुभव करने के लिए इस महान फिल्म का निर्माण किया।

इसलिए जब कोई पूछता है कि 'ईश्वर है या नहीं?' तो उसके लिए जवाब है- 'ईश्वर ही है, तुम हो कि नहीं पता करो, पक्का करो।'

इसी ईश्वर को जानने, समझने और उससे जुड़ने के लिए ही पूजा (उपासना) की जाती है। लेकिन अफसोस की बात यह है कि ज़्यादातर लोगों के उपासना का उद्देश्य मनचाही फल प्राप्ति ही होता है। इसका कारण उनका अज्ञान और अहंकार होता है। यह अज्ञान क्यों है, अहंकार क्या है? आइए, इसे अगले अध्याय में समझते हैं।

दृश्य आइना है आँख का,
आवाज़ आइना है कान का।
अगर आवाज़ न हो तो कान अपने
आपको कैसे महसूस करें?
यह शरीर मूर्ति भी आइना है,
किसका आइना है?
उसी की तो तलाश है अध्यात्म।

अध्याय ३

# उपासक कौन है?

## माया की माया

पिछले अध्याय में आपने ईश्वर और उसकी माया के बारे में पढ़ा। अब प्रश्न यह है कि इस व्यवस्था में हम इंसान कहाँ हैं, हमारा क्या अस्तित्त्व है और हम ईश्वर की उपासना क्यों करते हैं? आइए, इन्हीं सवालों के जवाब तलाशते हैं।

### माया से बँधा व्यक्ति

ईश्वर और उसकी माया के बीच में है 'व्यक्ति' यानी हम इंसान। यदि माया सेल्फ की लीला है तो व्यक्ति लीला की लीला है। इंसान माया का ही निर्माण है। इंसान का शरीर और उसके भीतर के भाव जैसे राग, द्वेष, ममता, मन, बुद्धि, अहंकार आदि सभी माया से ही उपजे हैं। उसके शरीर के अंदर की वह चेतन शक्ति जिसके होने से वह ज़िंदा है और न होने से मृत। वह सेल्फ है... परमचेतना है जो सभी जीवों में समान है। जैसे रस में डूबे रसगुल्ले के अंदर भी रस है और बाहर भी, ठीक ऐसे ही सृष्टि की प्रत्येक रचना के भीतर-बाहर सेल्फ है। इस तरह व्यक्ति मूल रूप से सेल्फ ही है। यही उसकी वास्तविक पहचान है। लेकिन माया के प्रभाव से वह स्वयं को सेल्फ से अलग एक आत्मनिर्भर अस्तित्त्व समझता है। उसके इस भ्रम का कारण है उसका अहंकार।

## व्यक्ति का अहंकार- 'मैं का भाव'

अब प्रश्न उठता है- यह अहंकार क्या है, जिसने इंसान को ईश्वर से अलग कर माया से बाँध दिया? दरअसल इंसान के भीतर जो 'मैं' का भाव होता है वही उसका असली अहंकार है। इस 'मैं' के भाव के कारण ही वह स्वयं को उस सर्वव्यापी सेल्फ से अलग एक व्यक्ति मान बैठता है। वह स्वयं को सच्चा और वास्तविक मानकर, अज्ञान में ईश्वर के ही अस्तित्त्व पर प्रश्नचिन्ह लगाने लगता है। इस मूल 'मैं' के भाव की अनेक शाखाएँ हैं। जैसे- मेरा, मुझे, तुझे, तेरा, इसका, उसका... आदि। यह अहंकार ही एक इंसान को ईश्वर से और बाकी सबसे अलग बनाता है। इस तरह ईश्वर अहंकार की मदद से एक से अनेक होकर अपनी लीला खेलता है।

इस खेल में अपनी मूल पहचान भूलकर व्यक्ति असीमित से सीमित हो जाता है और स्वयं को शरीर मानकर जीता है। उसके लिए वही सत्य होता है, जो उसे उसकी इंद्रियाँ दिखाती हैं, उसकी सोच वहीं तक सीमित है, जहाँ तक उसका मन जाता है। उसके भाव, विचार, वाणी और क्रियाएँ सभी माया के अंदर ही घूमते हैं और उसे भेदकर पार नहीं जा पाते।

## पूजा-उपासना का उद्देश्य

ईश्वर, माया और इंसान की स्थिति समझने के बाद अब हम इस प्रश्न पर लौटते हैं कि पूजा या उपासना क्या है और इसका क्या उद्देश्य है? माया को एक पर्दा समझें जिसे अज्ञान का, भ्रम और असत्य का आभासी पर्दा कहा जा सकता है। इस पर्दे के एक ओर ईश्वर है और दूसरी ओर इंसान। इंसान का इस मायावी पर्दे को भेदकर ईश्वर का साक्षात्कार कर लेना, उससे एकाकार हो जाना ही पूजा (उपासना, ध्यान आदि) का एकमात्र और वास्तविक उद्देश्य है।

सामान्य इंसान के लिए ऐसा करना बहुत कठिन है क्योंकि माया का यह पर्दा बहुत मोटा है जिसमें इंसान के मन, बुद्धि, अहंकार, विकार आदि रहते हैं। जहाँ तक मन की सीमा है वहाँ तक माया का पर्दा है। मन की सीमा से परे सत्य (सेल्फ) प्रकाशित है। अहंकार को विलीन कर मैं–मैं करनेवाले मन की सीमा के पार पहुँच आत्मअनुभव कर लेना ही किसी भी तरह की पूजा का असली लक्ष्य है।

यह लक्ष्य तभी प्राप्त किया जा सकता है, जब इंसान की नाव में दोनों तरह की पतवार हो। पहली ज्ञान की और दूसरी भक्ति की। इनमें से एक की भी कमी होने पर वह

अपनी लक्ष्य प्राप्ति की यात्रा पूरी नहीं कर पाएगा। इन दोनों के साथ होने पर ही इंसान का अहंकार पिघलता है, वह विलीन होता है और ऐसा होने पर ही भीतर छिपा स्रोत प्रकाशित होता है।

> छोटी मूर्ति अगर आत्मसाक्षात्कार का अर्थ सिद्ध कर दे तो उसकी कीर्ति कौन भूल सकता है? छोटा इशारा बड़ी मुसीबत से बचा सकता है।

अध्याय ८

# पूजा रहस्य

## ईश्वर दर्शन की आस

पूजा का मूल उद्‌देश्य है, मैं-मैं करनेवाले अहंकार को विलीन करना। ऐसा होने पर ही भक्त, ईश्वर (सेल्फ, कुदरत) के साथ एकाकार हो जाता है। फिर वह उसी चेतना में स्थापित होकर जीवन जीता है।

**क्या है ईश्वर दर्शन होना?**

जब ईश्वर दर्शन की बात चलती है तो मस्तिष्क में फिल्मों, सीरियलों या कैलेण्डर पर छपे दृश्य उभर आते हैं, जिसके कोई देवी-देवता या ईश्वरीय रूप भक्त के सामने प्रकट होकर उसे दर्शन दे रहे होते हैं। उनके चारों ओर अद्‌भुत प्रकाश फैला होता है। भक्त सिर झुकाए हाथ जोड़कर बैठा होता है। दरअसल ईश्वर दर्शन, जिसे हम अध्यात्म में आत्मसाक्षात्कार होना कहते हैं। यह कोई आँखों से देखी जा सकनेवाली घटना नहीं होती। यह तो एक अनुभव होता है, जो कहीं बाहर नहीं बल्कि हमारे भीतर ही होता है। इसीलिए इसे स्वअनुभव भी कहा जाता है। मगर इस आंतरिक अनुभव को पर्दे पर कैसे दिखाएँ? इसीलिए उसका फिल्मीकरण हो जाता है। भक्त की हाथ जोड़कर सिर झुकाए बैठी अवस्था बताती है कि इस समय उसका अहंकार झुका हुआ है, मन समर्पित है और वह ईश्वरीय अनुभव कर रहा है।

पूजा के नाम पर चल रहे किसी भी पद्धति, रीति-रिवाज, विधि

आदि का एकमात्र उद्देश्य यही स्वअनुभव की अवस्था प्राप्त करना है, जिसमें माया को भेदकर भक्त और भगवान एक हो जाते हैं। यह बात अलग है कि पूजा की सही समझ के अभाव में लोगों ने पूजा के अलग-अलग उद्देश्य बना दिए हैं। जैसे मन्नतें माँगकर इच्छाएँ पूरी करना। ईश्वर को इसलिए खुश रखना जिससे वह हमारे काम करवाता रहे, ईश्वर से डरकर पूजा करना ताकि हमारा कुछ बुरा न हो जाए... आदि। इतने तक तो फिर भी ठीक है मगर कुछ लोग इसलिए भी पूजा-प्रार्थना करते हैं ताकि दूसरों का अहित हो जाए। आप ही सोचिए, क्या इसे पूजा कहा जाएगा?

ऐसी पूजा मन का खेल है, जो मन को और मोटा करती है। जो मुक्त नहीं करती बल्कि माया में ही उलझाकर रखती है। ऐसी समझ विहीन पूजा को ही आडंबर, ढोंग कहा जाता है। जिसकी सभी आत्मसाक्षात्कारी संतों जैसे कबीर, गुरुनानक, ज्ञानदेव आदि ने अपनी रचनाओं में निंदा की है।

**पूजा-उपासना के सह-उद्देश्य**

जैसा कि अभी बताया गया, पूजा-उपासना का कुल-मूल उद्देश्य अहंकार को विलीन कर स्वअनुभव जागृत करना है। यह उद्देश्य सीधा प्राप्त नहीं किया जा सकता, इससे पूर्व साधक अथवा भक्त की कुछ तैयारी आवश्यक है, जो उसकी उद्देश्य पूर्ण करने की पात्रता बढ़ाती है। इस तैयारी को हम सह-उद्देश्य भी कह सकते हैं, जिनके पूरा होने पर भक्त मूल उद्देश्य पाने का पात्र हो जाता है। आइए, देखते हैं पूजा के ये सह-उद्देश्य कौन से हैं?

- मन और बुद्धि की शुद्धता।
- सभी में उस एक चेतना की उपस्थिति जान, सभी को समदृष्टि से देखना, किसी को छोटा या बड़ा न समझना।
- सुख-दुःख, मान-अपमान, निंदा-स्तुति आदि विपरीत परिस्थितियों में समभाव रहना, अकंप रहना।
- सभी के प्रति क्षमावान और करुणावान बने रहना।
- जो पास है, उसे ईश्वर की कृपा मानकर उसी में संतुष्ट रहना।
- व्यक्तिगत स्वार्थों को छोड़कर सभी की भलाई के लिए कार्य करना।
- किसी से ईर्ष्या, द्वेष आदि न करना।

- इंद्रियों को वश में रखना, उनके अधीन न होना।
- किसी को भी मन, कर्म, वचन से दुःख न देना।
- 'मैंने किया, मेरा है', किसी भी बात के लिए ऐसा अहंकार भाव न रखना।
- किसी भी वस्तु, पद और प्राणीमात्र में आसक्ति न रखना।
- हर परिस्थिति में प्रसन्न रहकर ईश्वर के प्रति पूर्ण समर्पित भाव से जीवन जीना।

जिस भी पूजा पद्धति से पूजा के सह-उद्देश्य एवं मूल उद्देश्य पूर्ण हो रहे हैं, वही पूजा सार्थक है, सही है। चाहे वह निराकार हो या साकार।

> ईश्वर के सामने हर दिन सुबह अपनी सफलताएँ... अपने दुःख एक साथ रख दें। फिर जब कभी दुःख आए तब समझें कि ईश्वर ने आपको एक दुःख वापस लौटाया है, अब आप उस दुःख को ईश्वर का प्रसाद समझकर ग्रहण करें।

# निराकार का साकार रूप
## हर मूर्ति कुछ कहती है

संसार में प्रचलित प्रत्येक ईश्वरीय मूर्ति निराकार ईश्वर का साकार रूप है, जिसे उसके किसी आत्मअनुभवी भक्त ने ही बनाया है। प्रत्येक मूर्ति उस ईश्वर की सराहना है, प्रशंसा है, उसका ही वर्णन है। दरअसल ईश्वर तो एक ही है लेकिन उसके गुण अनेक हैं। उसकी अवस्थाएँ अनेक हैं। यदि उसके किसी गुण विशेष को किसी भक्त द्वारा वर्णित किया जाए तो वह कैसे करेगा? यदि वह भक्त एक गायक होगा तो उस गुण की गायन द्वारा अभिव्यक्ति करेगा। यदि भक्त कवि है तो उस गुण पर दोहे रचेगा। यदि वह चित्रकार है तो उस गुण पर चित्र बनाएगा। यदि मूर्तिकार है तो उस गुण को मूर्ति में डालने का प्रयास करेगा।

इस तरह से देखा जाए तो संसार में प्रचलित प्रत्येक ईश्वर की मूर्ति उसके किसी न किसी गुण को प्रदर्शित करती है। आइए, कुछ प्रचलित ईश्वरीय रूपों को समझते हैं।

### शिवलिंग

शिवलिंग ईश्वर का सबसे प्राचीन साकार स्वरूप है, जो आदि काल से चला आ रहा है। यह ऐसी मूर्ति है जो आकार और निराकार दोनों को जोड़ती है। जैसे कि वेदों में ईश्वर का वर्णन करते हुए कहा गया है कि वह

निराकार है, निरंतर है, शून्य है, पूर्ण है, जिसका न आरंभ है, न अंत... वह ज्योति स्वरूप है। अब यदि इन सभी गुणों को किसी मूर्ति के माध्यम से दिखाना हो तो वह क्या बनेगी? वह एक शून्य की वर्तुलाकार मूर्ति बनेगी क्योंकि शून्य गोल होता है। उसका न आरंभ होता है, न अंत। वह पूर्णता का सूचक है इसीलिए उस निराकार ईश्वर को शिवलिंग के रूप में दिखाया गया है।

जिस किसी ने भी शिवलिंग की संकल्पना प्रस्तुत की वह निश्चय ही परमसत्य को जाननेवाला आत्मअनुभवी संत था, जिसने बड़े ही रचनात्मक ढंग से निराकार ईश्वर के गुणों को एक मूर्ति में डाल दिया ताकि जब लोग इस मूर्ति को देखें तो ईश्वर के सारे रहस्य खोल पाएँ।

शिवलिंग जितना ज़मीन के ऊपर होता है, उतना ही ज़मीन के नीचे भी होता है। शिवलिंग का प्रकट भाग ईश्वर की क्रियाशीलता अवस्था दर्शाता है। जबकि ज़मीन के भीतर दबा भाग ईश्वर की समाधि अथवा अव्यक्त अवस्था का प्रस्तुतीकरण है। शिवलिंग के प्रकट भाग के चारों ओर तश्तरीनुमा आधार होता है, जिसे शिवलिंग की पीठिका भी कहते हैं। यह शिव की शक्ति जिसे प्रकृति या माया भी कहा जाता है, का प्रस्तुतीकरण है। शिवलिंग की यह पूरी व्यवस्था बताती है कि इस माया अथवा प्रकृति के मध्य में वही एक निराकार परमसत्य ईश्वर है, उसी से यह संपूर्ण सृष्टि अस्तित्त्व में है। इस तरह से शिवलिंग प्रकृति और पुरुष, माया और मायापति का साकार स्वरूप है।

**देवी माँ**

ईश्वर की उस शक्ति को देवी, माया, पार्वती या प्रकृति कहा जाता है जिसके द्वारा उसने दुनिया रचाई। यह ईश्वर की क्रियाशील अवस्था है। यह शक्ति हमारे अंदर और बाहर अलग-अलग रूपों में विद्यमान है। इनमें से हर एक रूप को एक अलग देवी का नाम दिया गया है। जैसे कि देवी स्तुति में भी कहा गया है-

जो देवी सभी प्राणियों में दया रूप में स्थित है, उसको नमस्कार है।

जो देवी सभी प्राणियों में चेतना रूप में स्थित है, उसको नमस्कार है।

जो देवी सभी प्राणियों में बुद्धि रूप में स्थित है, उसको नमस्कार है।...

हमारे भीतर चेतना, शक्ति, दया, शांति, सहनशीलता, क्षमा, बुद्धि, स्मृति, इच्छा, भक्ति, श्रद्धा, आदर, सम्मान, शांति, लक्ष्मी, जाति, कांति, ऊर्जा, भूख, भ्रांति, वृत्ति, तुष्टि, निद्रा आदि सभी गुण देवी रूप में विद्यमान हैं।

इसी तरह धन-समृद्धि के गुण को लक्ष्मी कहा गया है। क्रोध की शक्ति को काली का रूप दिया गया है। घर-गृहस्थि चलानेवाली स्त्री को अन्नपूर्णा कहा जाता है। सौभाग्यशाली स्त्री को गौरी कहा जाता है। दरअसल देवी के सभी रूप प्रकृति के किसी न किसी गुण को इंगित करते हैं।

**गणपति**

गणपति को ज्ञान और विवेक का देवता कहा जाता है। वे सब देवताओं में अग्रणी कहे जाते हैं। हर शुभ कार्य करने से पहले उनको याद किया जाता है। ऐसा क्यों कहा जाता है- आइए, इस बात को समझते हैं।

कोई भी काम शुरू करने से पहले जिस चीज़ की सबसे ज़्यादा ज़रूरत होती है, वह है सही ज्ञान और विवेक बुद्धि की। अगर यह आपके पास नहीं है तो आपका कोई काम नहीं बननेवाला। ज्ञान और विवेक बुद्धि ही ऐसा गुण है, जो मनुष्य को बाकी जीवों से अलग करता है। इसलिए इस गुण का महत्त्व सबसे ज़्यादा है। विवेक बुद्धि ही इंसान का पहला ज़रूरी गुण है और गणपति सभी गुणों में इस प्रथम गुण के स्वामी हैं।

आइए, अब गणपति की संरचना में छिपे संकेतों को समझते हैं।

गणपति का चौड़ा माथा- तेज बुद्धि, सही समझ यानी ज्ञान की निशानी है।

उनके बड़े कान- ग्रहणशीलता की निशानी है, जो श्रवण के महत्त्व को समझाते हैं कि सत्य की बातें ध्यान पूर्वक सुनें, उसे ग्रहण करें। बोलने से ज़्यादा सुनने की कला आना महत्वपूर्ण है।

उनकी छोटी आँखें- एकाग्रता की निशानी हैं। अपने मन को सत्य पर टिकाने के लिए एवं किसी भी कार्य में सफलता पाने के लिए एकाग्रता की शक्ति आवश्यक है।

उनकी लंबी सूँड़- किसी भी विषय की गहराई में जाने को यानी गहराई से मनन करने को कहती है। माया के जगत में इतना भ्रम फैला हुआ है कि सही और गलत, असली और नकली के बीच फैसला करने के लिए उस पर ज़ोरदार मनन करना आवश्यक होता है। तभी आप सही निष्कर्ष पर पहुँचते हैं वरना माया उलझा लेती है।

रिद्धि-सिद्धि गणपति की दो पत्नियाँ हैं, जो दिखाती हैं यदि ज्ञान और विवेक बुद्धि आपके साथ हैं तो आपको सांसारिक सफलताएँ भी मिलेंगी और आप आध्यात्मिक प्राप्ति भी करेंगे।

गणपति का वाहन चूहा है। चूहा प्रतीक है- लोभ, लालच, इच्छाओं का। ऐसी इच्छाएँ जो कभी पूर्ण नहीं होतीं। इसी कारण चूहा कुछ न कुछ कुतरता रहता है, उसका पेट कभी नहीं भरता। गणपति की चूहे पर सवारी करना दिखाता है कि हमारी समझ, हमारी बुद्धि, हमारे लालच पर विजयी होनी चाहिए। हमें अपने विवेक से अपनी महत्वाकांक्षाओं और इच्छाओं को अपने बस में रखना चाहिए।

यदि आप स्वयं को गणपति का भक्त कहते हैं, उनकी पूजा करते हैं तो गणपति के इन गुणों पर मनन कर, इन्हें अपने अंदर लाने के लिए प्रयासरत हो जाएँ। कोशिश करें कि सभी गुण आपके भीतर उतरें तभी आप सही मायनों में गणपति के उपासक कहलाएँगे।

---

*हमारे अंदर ईश्वर है या ईश्वर बाहर कहीं आसमान में है? हमारे अंदर ईश्वर नहीं है, बल्कि हम ईश्वर के अंदर हैं, वैसे ही जैसे मछली समुंदर के अंदर है।*
*ईश्वर अंदर-बाहर के बाहर है।*

अध्याय ६

# गुणों का मूर्तिरूप
## हर मूर्ति क्या कहती है

**पि**छले अध्याय में आपने कुछ प्रचलित ईश्वरीय रूपों को समझा। आइए, कुछ और ईश्वरीय गुणों की साकार अभिव्यक्ति को समझते हैं।

### ब्रह्मा, विष्णु, महेश की त्रिमूर्ति

ईश्वर के तीन मुख्य कार्यों में पहला है– सृष्टि का सृजनकार। उसकी इस अवस्था को जनरेटर कहा जा सकता है। उसका दूसरा कार्य है– वह इस सृष्टि का पालन करता है। उसकी इस अवस्था को ऑपरेटर कहा जा सकता है। उसका तीसरा कार्य है– वह इस सृष्टि का संहारक भी है यानी इसे समाप्त भी करता है। उसकी इस अवस्था को डिस्ट्रॉयर कहा जा सकता है। ईश्वर से ही संपूर्ण सृष्टि अस्तित्त्व में आती है, उसी की शक्ति से वह चलायमान रहती है और अंत में उसी में विलीन हो जाती है। ईश्वर की इन तीनों अवस्थाओं को तीन अलग-अलग स्वरूपों द्वारा दिखाया गया है।

वह जब सृजनकार (जनरेटर) की भूमिका में होता है तो उस वक्त उसे ब्रह्मा कहा गया है। जब वह पालनकर्ता (ऑपरेटर) की भूमिका में होता है तो वह विष्णु कहलाता है। जब वह संहारक (डिस्ट्रॉयर) के रूप में होता है तो उस समय वह महेश या शिव होता है। त्रिमूर्ति में ईश्वर की इन तीनों

अवस्थाओं को बड़ी ही सुंदरता से दिखाया गया है। पर समस्या यह हो जाती है कि ज्ञान के अभाव में लोग इन तीनों को अलग-अलग ईश्वर मानने लगते हैं, जबकि वास्तव में यह एक ही ईश्वर की विभिन्न अवस्थाएँ हैं।

## लक्ष्मी-नारायण की जोड़ी

विष्णु भगवान को नारायण कहा जाता है और लक्ष्मी को उनकी पत्नी माना जाता है। इन दोनों की एक साथ पूजा की जाती है। अब यदि इनकी जोड़ी को गहराई से समझा जाए तो आप जान पाएँगे कि यह सत्य और माया की ही जोड़ी है। लक्ष्मी सांसारिक वैभव, धन आदि का प्रतीक है और नारायण परमसत्य का प्रतीक।

सांसारिक व्यक्ति को इन दोनों की ही पूजा करने को कहा गया है। महिलाएँ तो लक्ष्मी जी के अनेक व्रत रखती हैं। किंतु लक्ष्मी जी की पूजा करते समय यह याद रखना ज़रूरी है कि लक्ष्मी जी का आना तभी सफल होता है, जब वह नारायण के साथ आती है। अर्थात जीवन में सत्य हो तो ही आप समृद्धि और वैभव का आनंद ले सकते हैं। अन्यथा धन आपका अहंकार बढ़ाएगा, आपमें मद, मोह, लोभ जैसे विकार पैदा करेगा। सत्य के मार्ग पर चलते हुए ही धनोपार्जन करना चाहिए। इसीलिए इन दो ईश्वरीय गुणों की जोड़ी बनाई गई है।

## हनुमान

यदि सच्चे भक्त के सभी गुणों को एक मूर्ति में डाल दिया जाए तो हनुमान जी के अतिरिक्त और कौन सी मूर्ति बन सकती है। हनुमान निःस्वार्थ सेवा और निष्काम भक्ति का दूसरा नाम है। हनुमान जी की मंगल मूर्ति हमें सिखाती है कि भक्ति कैसी होनी चाहिए। रामायण के अनुसार हनुमान जी ने कई सारे असंभव कार्य किए लेकिन कभी भी उनका क्रेडिट नहीं लिया। अपने हर कार्य की सफलता का श्रेय उन्होंने अपने आराध्य श्रीराम को ही दिया। यह उनके अकर्ता भाव और सच्चे कर्मयोगी की अवस्था दिखाता है। उनके बारे में कथा है कि उन्होंने अपने हृदय को चीरकर वहाँ श्रीराम के दर्शन करा दिए। यह प्रसंग दिखाता है कि एक भक्त के हृदय में राम रूपी सत्य के अतिरिक्त और कुछ नहीं होता। हनुमान का मार्ग समर्पण का मार्ग है, भक्ति और सेवा का मार्ग है। जिन्हें सच्ची ईश्वर भक्ति करनी है, उन्हें हनुमान जी की भक्ति बहुत भाती है।

## सरस्वती

सरस्वती माता को विद्या और कलाओं की देवी कहा जाता है। देखा जाए तो

गायन, लेखन, चित्रकारी, ज्ञान आदि सभी ईश्वरीय गुण हैं। जो अपने भीतर इन गुणों को बढ़ाना चाहता है, वह माँ सरस्वती की पूजा करता है। इसीलिए बहुत से स्कूलों में सरस्वती माँ की प्रार्थना के साथ दिन की शुरुआत की जाती है। स्कूलों की मुहर, पुस्तकों आदि पर भी सरस्वती माँ का चित्र अंकित होता है। इनके भक्तों में ज़्यादातर विद्यार्थी, संगीतज्ञ, गायक, लेखक कलाकार आदि होते हैं।

सरस्वती माँ के चार हाथ हैं। दो हाथों में वीणा है जो कलाओं की प्रतीक है। तीसरे हाथ में वेद पुस्तक है जो ज्ञान, विद्या की प्रतीक है। चौथे हाथ में ईश्वर सुमिरन की जप माला है। यह दर्शाती है कि संसार में रहते हुए, विद्या और कलाओं में प्रवीणता पाते हुए भी सत्य को नहीं भूलना चाहिए। उसका भीतर निरंतर सुमिरन चलना चाहिए तभी जीवन सफल होता है।

यहाँ पर कुछ ही ईश्वरीय स्वरूपों के बारे में संक्षिप्त वर्णन किया गया है। देवी-देवताओं की संख्या अनगिनत हैं क्योंकि ईश्वर की अवस्थाएँ, गुण और भाव भी अनगिनत हैं। लेकिन उसका प्रत्येक साकार स्वरूप किसी न किसी गुण अथवा भाव का ही निरूपण है।

> ईश्वर की खोज मत करो।
> ईश्वर ही है,
> तुम हो कि नहीं यह पक्का करो, पता करो।

अध्याय ७

# मूर्तिपूजा करें या न करें

## मूर्तिपूजा रहस्य

मूर्ति पूजक और मूर्ति विरोधी साधक अकसर यह बहस करते हैं कि मूर्ति पूजा की क्या प्रासंगिकता है? इसके लिए दोनों तरह के साधक अपने-अपने पक्ष में ज़ोरदार तर्क देते हैं। दोनों अपने-अपने मतों को माननेवाले संतों-योगियों का उदाहरण देते हैं। मूर्ति पूजक मीरा, चैतन्य महाप्रभु, सूरदास, तुलसीदास, रामकृष्ण परमहंस जैसे साकार मार्गी महान संतों का उदाहरण देते हैं। वही मूर्ति विरोधी साधक संत कबीर और गुरु नानक के दोहे, गौतम बुद्ध की कहानियों का उदाहरण देकर निराकार मार्ग की श्रेष्ठता का बखान करते हैं। बात बहस तक ही रहे तो भी ठीक है। समस्या तब आती है जब ये दोनों मतावलम्बी ईश्वर प्राप्ति का मूल उद्‌देश्य भूलकर एक-दूसरे के विरोध करने को ही अपना धर्म बना लेते हैं। जो उपासना मार्ग साधक के अहंकार को गिराने और समझ को बढ़ाने के लिए बने थे, वही उनके अहंकार और विकारों को प्रबल कर देते हैं।

### कौन सही, कौन गलत

एक मंज़िल पर पहुँचने के कई रास्ते हो सकते हैं और साधन भी कई हो सकते हैं। जैसे ट्रेन से, कार से, बस से, सड़क से, नदी से...। हर रास्ता और हर साधन किसी के लिए अच्छा और सुविधाजनक होता है तो किसी के लिए असुविधाजनक...। बात सही और गलत रास्ते या साधन की है ही नहीं, जो आपको आसानी से आपकी मंज़िल पर पहुँचा दे, वही रास्ता, वही साधन आपके लिए श्रेष्ठ है।

इसी तरह पूजा या उपासना का मूल उद्देश्य है ईश्वर प्राप्ति यानी स्वबोध (आत्मसाक्षात्कार) की अवस्था को पाना और वहाँ स्थापित रहना। साकार, निराकार या अन्य जिस किसी भी मार्ग से और पूजा, जप, तप, सेवा, ध्यान, भजन-कीर्तन आदि जिस भी साधन से आप इस उद्देश्य के निकट पहुँच रहे हैं, वही आपके लिए सही है।

हर साधक की अपनी प्रकृति, अपना स्वभाव होता है। ईश्वर प्राप्ति का जो मार्ग उसके स्वभाव के अनुकूल हो, उसे वही रुचिकर लगता है और उसने वही अपनाना भी चाहिए। जैसे कोई साधक भजन-कीर्तन सुनकर ईश्वर भक्ति में लीन हो जाता है। लेकिन हो सकता है वही भजन-कीर्तन किसी दूसरे साधक को शोर लगता हो और वह शांति से ध्यान में बैठकर ईश्वर भक्ति में लीन होता हो। दोनों साधक अपनी जगह सही हैं और दोनों साधन भी अपनी जगह सही हैं।

आपके लिए साधना का कोई मार्ग या साधन सही है तो इसका अर्थ यह नहीं है कि वही सभी के लिए सही हो। ऐसा सोचना आपका अहंकार और कट्टरता दिखाता है। जैसे कोई ठंढे पानी से नहाना पसंद करता है, कोई गर्म पानी से और कोई नहाना ही पसंद नहीं करता। ठंढे पानी से नहाना पसंद करनेवाला इंसान दूसरे इंसान को कैसे कह सकता है कि तुम गलत हो, मैं सही? यह व्यक्तिगत चुनाव की बात है।

## मैं सही हूँ और दूसरा भी सही है

स्वामी रामकृष्ण परमहंस से जुड़ा एक रोचक प्रसंग है। दक्षिणेश्वर के काली मंदिर में उनके कुछ शिष्य अपने-अपने स्वभाव अनुरूप साधना कर रहे थे। उनका एक भक्त जप साधना करता था। स्वामी विवेकानंद तब साधना की आरंभिक अवस्था में थे तब उन्हें नरेंद्र नाम से जाना जाता था। एक दिन उन्हें ध्यान में बैठकर कुछ विचित्र अनुभव हुए। ये अनुभव उन्होंने उस दूसरे साधक से साँझा किए और उसे भी अपनी तरह ध्यान साधना करने को प्रेरित किया। उस साधक ने नरेंद्र की बातें सुनकर अपनी साधना छोड़, उनके कहे अनुसार साधना करनी शुरू कर दी लेकिन वह उसमें सफल नहीं हुआ।

यह देखकर रामकृष्ण परमहंस ने नरेंद्र को बहुत डाँटा और कहा, 'तुमको नहीं पता तुमने उसका कितना बड़ा नुकसान कर दिया है, उसके लिए वही मार्ग सही था, वही उसे मुक्ति तक ले जानेवाला था मगर तुमने उसे पथभ्रष्ट कर दिया।'

यह प्रसंग हमें सिखाता है कि हमें कभी भी किसी दूसरे साधक को पथभ्रष्ट नहीं करना चाहिए। आजकल कुछ लोग पूजा-पाठ के अपने तरीके और अपने धर्म से इतने ज़्यादा आसक्त होते हैं कि उनका सारा फोकस इसी बात पर रहता है कि दूसरे लोग हमारे धर्म या हमारी पूजा पद्धति को कैसे अपनाएँ। इसके लिए वे उनका ब्रेनवॉश करने की कोशिश करते हैं, जो कि बहुत ही गलत कार्य है।

यदि आप किसी की आध्यात्मिक सहायता करना ही चाहते हैं तो इतना करें कि उसे सही समझ दें ताकि वह स्वयं इस बात का निर्णय ले सके कि उसके लिए कौन सा रास्ता सही है। फिर उसे उस रास्ते पर चलने की अनुमति दें। अपने प्रियजनों पर भी अपना मत कभी न थोपें। सभी को अपना मार्ग चुनने की आज़ादी होनी चाहिए। यदि सभी को यह बात समझ में आ जाए तो दुनिया में धर्म के नाम पर कभी कोई दंगा-फसाद या लड़ाई न हो।

## साकार-निराकार की जोड़ियाँ

मीरा कृष्ण भक्त थीं। उनका नाम मूर्तिपूजा करनेवाले सर्वोच्च संतों में आता है किंतु उनके गुरु संत रविदास निराकार मार्गी थे। जो कहा करते थे– 'मन चंगा तो कटौती में बहे गंगा' यानी यदि आप भीतर से शुद्ध हैं तो आपको शुद्धि के लिए किसी गंगा स्नान जैसे कर्मकाण्ड को करने की ज़रूरत नहीं है। उन्हीं से मीरा को आत्मज्ञान मिला।

स्वामी विवेकानंद भी निराकार साधक थे, जो ध्यान साधना करते थे किंतु उनके गुरु रामकृष्ण परमहंस काली माँ के अनन्य उपासक थे। उनकी भक्ति इस अवस्था पर थी कि वे माँ को हर समय साक्षात् उपस्थित महसूस करते थे। लेकिन उन्होंने कभी विवेकानंद को उनके ध्यान मार्ग से नहीं हटाया, उलटा उन्हें उनके मार्ग पर ही आगे बढ़ाया।

इसी तरह निराकार मार्गी कबीर को भी अपने गुरु रामानंद से गुरु मंत्र में राम नाम ही मिला था।

ये उदाहरण हमें दिखाते हैं कि निराकार और साकार मार्ग देखने में भले ही अलग लगते हैं लेकिन मूलतः हैं दोनों एक ही क्योंकि दोनों एक ही मंज़िल पर पहुँचाते हैं। आप जिस भी राह पर चलें, यदि आप ईश्वर को अनुभव कर पा रहे हैं, अपने भीतर ईश्वरीय गुणों का विकास कर पा रहे हैं, अपने अहंकार को विलीन कर पा रहे हैं तो वही मार्ग आपके लिए श्रेष्ठ और फलदायक है।

> ईश्वर चाहता है इस पृथ्वी पर रहनेवाले सभी हँसी-खुशी से रहें, बिलकुल वैसे जैसे हर पिता चाहता है कि उसके बच्चे हमेशा खुश रहें, समस्या के बावजूद सुखी रहें। इसीलिए ईश्वर ने इतनी सुंदर दुनिया बनाई।

अध्याय ८

# साकार में निराकार के दर्शन
## मूर्तिपूजा की पूरी समझ

एक बार की बात है, स्वामी विवेकानंद अलवर के राज दरबार में पहुँचे। वहाँ के युवा नरेश मूर्तिपूजा के घोर विरोधी थे। स्वामी जी का उनके साथ ईश्वर के स्वरूप पर बातचीत हुई तो अलवर नरेश ने मूर्तिपूजा की और मूर्तिपूजा करनेवालों की निंदा करनी शुरू कर दी। वे बोले— 'स्वामी जी, आप ही बताइए क्या भगवान पत्थर की मूर्ति में मिल सकता है, यह कोरी बकवास है। मैं मूर्तिपूजा से बिलकुल सहमत नहीं हूँ।' अलवर नरेश की बातें सुनकर स्वामी जी पास में बैठे मंत्री की ओर घूमे और उससे बोले— 'यह जो दीवार पर अलवर नरेश के पिता महाराज की एक फोटो लगी है न इसको उतारकर लाइए।' जब मंत्री ने उन्हें फोटो लाकर दे दी तो स्वामी जी ने मंत्री से कहा, 'अब आप कृपा कर इस फोटो को ज़मीन पर पटकिए, फिर इस पर थूकिये।'

यह सुनकर मंत्री सहमकर बोला, 'नहीं, मैं ऐसा कैसे कर सकता हूँ? यह महाराज की फोटो है।' इस पर स्वामी जी ने कहा, 'क्यों नहीं कर सकते, यह कागज़ का चित्र ही तो है, स्वयं महाराज थोड़े ही हैं। और आपके ऐसा करने पर आपके नरेश को भी कोई आपत्ति न होगी क्योंकि वे मूर्तिपूजक नहीं हैं। वे जानते हैं कि यह मात्र सजावटी कागज़ है और कुछ नहीं।'

यह सुनकर अलवर नरेश को साँप सूँघ गया। वे बोले, 'स्वामी जी

अब मूर्तिपूजा का रहस्य मेरी समझ में आ रहा है। जैसे मुझे इस कागज़ के चित्र में अपने पिता नज़र आते हैं, वैसे ही संभव है एक भक्त को पत्थर की प्रतिमा में ईश्वर नज़र आता हो।'

तत्पश्चात स्वामी जी ने अलवर नरेश को मूर्तिपूजा का महत्त्व बताया। उन्होंने कहा, 'जिस तरह इस चित्र के माध्यम से आप अपने पिता की उपस्थिति महसूस कर सकते हैं, यदि पिता से कोई बात करनी हो तो इस चित्र को देखकर कर सकते हैं, इसी तरह एक भक्त मूर्ति में अपने आराध्य देव की उपस्थिति महसूस करता है। मूर्ति के सामने उसकी प्रार्थनाओं में, भक्ति में बल आता है। मूर्ति के ज़रिए भक्त की आँखें भगवान को देखती हैं और वह भक्ति भाव में डूब जाता है।

## ईश्वर की मूर्ति उसका प्रतीक है

जो लोग अलवर नरेश की तरह मूर्तिपूजा का विरोध करते हैं, उनसे पूछा जाए कि जब वे अपने हाथ में अपने देश का झंडा लेते हैं तो उन्हें कैसी फीलिंग आती है? क्या उनमें अपने देश के प्रति सम्मान और प्रेम के भाव नहीं बढ़ते? एक खिलाड़ी का चेहरा देखिए जब वह विजय के बाद अपने देश का झंडा लहराता है, एक सैनिक को देखिए उस झंडे के सम्मान के लिए वह कुछ भी कर सकता है। तो क्या आप उसे यह कहेंगे कि यह पागल हो गया है, जो एक कपड़ा लहराता घूम रहा है, उसे चूम रहा है। वास्तव में वह उस समय एक झंडे को प्रतीक बनाकर अपने समस्त राष्ट्र के प्रति प्रेम और आदर प्रदर्शित करता है।

जैसे एक कपड़े को कुछ विशेष रंगों से रंगने पर, उस पर कुछ विशेष चिन्ह बनाने पर वह एक देश का प्रतीक बन जाता है, उसे हाथ में लेने मात्र से देशप्रेम और गर्व की भावना संचारित होती है। इसी तरह पत्थर या मिट्टी को ईश्वर के किसी रूप विशेष का आकार देने से, उसे कुछ विशेष चिन्हों, अलंकारों से सजाने पर वह उस विशेष ईश्वरीय अवस्था का प्रतीक बन जाता है। उसे देखने मात्र से श्रद्धालु भक्त में भक्ति का संचार होता है।

## मूर्तिपूजा- गुणों पर फोकस करने का साधन

बहुत से घरों में आपने देखा होगा कि बच्चे अपने कमरे में अपने रोल मॉडल स्टार के पोस्टर लगाकर रखते हैं। वे उनको देख-देखकर सोचते हैं कि एक दिन वे भी उन्हीं की तरह काबिल और प्रसिद्ध बनेंगे।

आध्यात्मिक मार्ग पर चलनेवाले लोगों के घर में आत्मसाक्षात्कारी संतों की फोटो लगी रहती है। जैसे भगवान बुद्ध, संत कबीर, गुरु नानक, मीरा आदि। वे तस्वीरें उन्हें प्रेरित करती हैं।

यह प्रेरित होने का बहुत पुराना तरीका है कि आप जिसके जैसा बनना चाहते हैं, उसकी कोई तस्वीर अपने घर में लगा लें। ताकि आपकी बार-बार उस पर दृष्टि जाए। ऐसा करने पर आपके भीतर उनके गुणों पर और अपने लक्ष्य पर बारंबार मनन होता है और धीरे-धीरे वे गुण आपमें उतरने लगते हैं।

दरअसल यह प्रकृति का नियम है कि आप जिस भी गुण पर फोकस करेंगे वह आपके भीतर आएगा। अगर आप लोगों की बुराइयों पर फोकस करेंगे तो जल्द ही पाएँगे कि वे बुराइयाँ आपके भीतर भी पनपने लगी हैं। अगर लोगों की अच्छाइयों पर फोकस करेंगे तो वे अच्छाइयाँ धीरे-धीरे आपके भीतर भी प्रकट हो जाएँगी। कुदरत के इसी नियम को जानते हुए हमारे पूर्वजों ने ईश्वर के गुणों की मूर्ति स्वरूप रचना की ताकि उन मूर्तियों को देखकर आपका ईश्वरीय गुणों पर मनन हो और वे आपके जीवन में उतरें।

## मूर्तिपूजा से होनेवाले लाभ

यदि आप मूर्तिपूजा पूरी समझ के साथ कर रहे हैं तो ही यह आपको सच्चा लाभ देगी। साकार भक्ति से भक्तों को प्राप्त होनेवाले कुछ लाभ इस प्रकार हैं-

- ईश्वर के साकार रूप पर मन जल्दी टिकता है वरना मन बड़ा चंचल होता है। अगर उसे टिकने का कोई आधार नहीं मिलता तो वह इधर-उधर भागता है, कल्पनाओं में चला जाता है किंतु यदि कोई मूर्त रूप सामने है तो वह उस पर केंद्रित होता है।

- ईश्वर के साकार रूप की भक्ति करना आसान होता है क्योंकि हर रूप के लिए कुछ न कुछ पौराणिक कथाएँ बनी हुई हैं। उन चरित्र कथाओं को सुनने से भक्तों की उस देवी या देवता में आस्था, श्रद्धा, विश्वास बढ़ता है।

- मूर्ति के सामने झुकने में आसानी होती है यानी अहंकार सहजता से समर्पित होता है। यदि कहा जाए कि कण-कण में ईश्वर है, हर जन में ईश्वर है इसलिए हर किसी में ईश्वर को देखकर उसके सामने झुकना चाहिए तो ज़्यादातर लोगों को ऐसा करने में समस्याएँ आएँगी। उनका अहंकार उन्हें झुकने नहीं देगा किंतु वे मूर्ति के समक्ष झुक जाते हैं। इस तरह से मूर्ति के कारण अहंकार के झुकने की शुरुआत होती है। झुकने की बात कर रहे हैं तो इसका मतलब शारीरिक रूप से झुकना नहीं

है। इसका अर्थ है अपने अहंकार (तोलू मन) को झुकाना।

- ईश्वर का कोई मूर्त रूप साथ रहने से भक्तों को विश्वास रहता है कि ईश्वर हर पल उसके साथ है। वह उसका हर पल सहायक और रखवाला है। इस तरह से वह हर पल सुरक्षित महसूस करता है और नकारात्मक विचारों से दूर रहता है।

- ईश्वर की मूर्ति या चित्र सामने होने पर एक भक्त बुरे कर्म और बुरे विचार करने से बचता है क्योंकि उसे लगता है, ईश्वर उसे ऐसा करते देख रहा है। धीरे-धीरे यह उसकी आदत हो जाती है और उसका चित्त शुद्ध हो जाता है।

- ईश्वरीय स्वरूप विशेष की पूजा- अर्चना के नियम अपनाने पर भक्तों के जीवन में खानपान का संयम और अनुशासन रहता है।

यदि सही समझ के साथ साकार भक्ति की जाए तो भक्त को वे सभी लाभ होते हैं, जो अन्य किसी मार्ग से मिल सकते हैं। साकार भक्ति भी भक्त को उसकी उच्चतम अवस्था तक पहुँचा सकती है और इसके अनेक उदाहरण हमने इतिहास में पढ़े हैं।

रामकृष्ण परमहंस जैसे श्रेष्ठ संतों को कौन नहीं जानता, जो साकार मार्ग से चलकर ही स्वबोध को प्राप्त हुए। साकार मार्गी संतों की रचनाएँ और भजन सदियों से न जाने कितने लोगों के हृदय में भक्ति की अलख जगा रहे हैं। उनकी उच्चतम आध्यात्मिक अवस्था इस बात का प्रमाण है कि यदि समझ और भाव से की जाए तो साकार भक्ति अथवा मूर्तिपूजा भी उतनी ही सार्थक है, जितनी निराकार साधना। संक्षिप्त में कहा जाए तो मार्ग तो सारे सही हैं, बशर्ते उन पर चलनेवाला सही समझ और उद्देश्य रखता हो।

> अगर संसार का हर इंसान ईश्वर से मार्गदर्शन लेना सीख जाए तो इंसानों की ही नहीं, संसार की भी अधिकतर समस्याएँ दूर हो जाएँगी।

## अध्याय ९

# प्रकृति के प्रति आभार अभिव्यक्ति
## प्राकृतिक तत्त्वों और संसाधनों की पूजा

हमारे देश की आध्यात्मिक सभ्यता बहुत प्राचीन है। यहाँ न सिर्फ ईश्वर के साकार और निराकार दोनों रूपों की पूजा होती है बल्कि प्रकृति के समस्त तत्त्वों की भी किसी न किसी रूप में पूजा होती है। जैसे सूर्य, चाँद, तारे, ग्रह, नदी, पर्वत, वृक्ष, पृथ्वी, आकाश, जल, सर्प, गाय आदि। इस बात से भी बहुत से लोगों का विरोध होता है। वे कहते हैं, एक सामान्य जीव ईश्वर कैसे हुआ, किसी पेड़ को पूजने से क्या होगा, वह हमें क्या दे सकता है? उनकी नज़र में ये सब ढकोसला और अंधविश्वास है।

वैसे देखा जाए तो हर वह विश्वास जिसके पीछे सही समझ, सही ज्ञान नहीं है, अंधविश्वास ही है। समझ ही है जो अंधविश्वास को विश्वास बनाती है। यदि हमारे पूर्वजों ने प्राकृतिक तत्त्वों को पूजने के नियम बनाएँ तो निश्चय ही इसके पीछे कोई न कोई वजह रही होगी। आइए, उसी वजह को समझने का प्रयास करते हैं।

### प्राकृतिक तत्त्वों की पूजा का मर्म

हमारे चारों ओर जिधर तक नज़र जाती है, वह प्रकृति ही है। हम स्वयं भी इस प्रकृति का ही एक हिस्सा हैं। प्रकृति में अनेक तत्त्व हैं। जैसे पानी, हवा, अग्नि, सूर्य, धरती, आकाश, वनस्पतियाँ, ग्रह-उपग्रह, जीव,

पशु–पक्षी आदि। इन सभी तत्त्वों के आपसी सामंजस्य और संतुलन से यह सृष्टि सुचारू रूप से चल रही है। प्रत्येक प्राकृतिक तत्त्व और संसाधन इस संसार को ज़िंदा रखने के लिए और इसे चलाने के लिए एक महत्वपूर्ण भूमिका निभाता है। इसीलिए हर एक तत्त्व और संसाधन आदरणीय है, पूजनीय है। यहाँ पूजा करने का अर्थ उस पर दीया–धूप, बत्ती दिखाना, आरती घुमाना, फूल–पत्र चढ़ाना आदि नहीं है। पूजा करने का अर्थ है, उसका महत्त्व समझते हुए उसके प्रति कृतज्ञता ज़ाहिर करना, उसके सम्मान में झुकना और उसे दिल से धन्यवाद देना। इतना ही नहीं अपनी ओर से वादा करना कि आप उसका पूरा ध्यान रखेंगे और ऐसा कोई कर्म नहीं करेंगे जिससे उसकी हानि हो।

इन सभी भावों को उस तत्त्व या संसाधन विशेष को अर्पित करने के लिए ही उससे जुड़ा कोई न कोई कर्मकांड बनाया गया, उन्हें एक देवता या देवी की संज्ञा दी गई, उसका एक रूप गढ़ा गया। जैसे पानी को जल देवता या वरुण देवता का नाम दिया गया। इंद्र को वर्षा का देवता, सोम को वनस्पति देवता, हवा को पवन देवता आदि कहा गया ताकि आप उस तत्त्व विशेष को देव तुल्य मानकर उसके प्रति अपने भाव और धन्यवाद ज़ाहिर कर सकें।

जब ये परंपराएँ बनी होंगी तो कुछ पीढ़ियों तक ऐसी पूजा का उद्देश्य बरकरार रहा होगा। लेकिन धीरे–धीरे वह समझ गायब हो गई और सिर्फ पूजा करने का कर्मकाण्ड रह गया इसीलिए आज लोग गंगा, यमुना आदि नदियों को देवी मानकर पूजते हैं लेकिन उसी में कचरा और फैक्ट्रियों का खतरनाक रासायनिक अवशेष भी छोड़ देते हैं। वृक्षों को देवता मानकर पूजते हैं लेकिन उन्हीं को काटते भी हैं। वृक्ष तो क्या आजकल तो पूरे के पूरे पहाड़ ही गायब हो रहे हैं। जल संसाधन, वायु बुरी तरह प्रदूषित हो रहे हैं। प्राकृतिक संतुलन बिगड़ रहा है। कारण प्राकृतिक तत्त्वों की पूजा मात्र कर्मकाण्ड बनकर रह गई है। वास्तव में हम अपनी प्रकृति के लिए असंवेदनशील हो गए हैं। उसका बुरी तरह दोहन कर रहे हैं, उसे बर्बाद कर रहे हैं। ऐसा करते हुए प्राकृतिक तत्त्वों की पूजा–पाठ सिर्फ कर्मकाण्ड ही कहलाएगी।

## सूर्य उपासना को लेकर गुरुनानक की शिक्षा

एक बार की बात है। किसी धार्मिक स्थान पर लोग नदी में खड़े होकर सूर्य को पानी दे रहे थे। गुरु नानक ने जब यह देखा तो सूर्य की तरफ पीठ करके आसमान में पानी के छींटे फेंकने लगे। लोगों ने समझाया कि सूर्य तो पूर्व की तरफ है। तब नानक ने कहा, 'मैं तो अपने खेतों को पानी दे रहा हूँ।' लोगों ने जब उनका मज़ाक उड़ाया तो नानक ने

कहा, 'जब यहाँ से पानी देने से तुम्हारा पानी सूर्य तक पहुँच सकता है तो मेरा खेत तो ज़्यादा दूर नहीं है वहाँ भी पानी पहुँच जाएगा।'

दरअसल यह एक तरीका था अज्ञान में कर्मकाण्ड कर रहे लोगों को जगाने का, उनको सोचने पर मजबूर करने का कि अगर वे सूर्य को जल दे रहे हैं तो वह क्यों दे रहे हैं, क्या यह सोचकर दे रहे हैं कि वह सूर्य तक पहुँचेगा या इसके पीछे कोई और कारण है।

जब इसके पीछे के कारण की खोज करेंगे तो पता चलेगा वास्तव में यह उनके अपने शरीर के हित में ही है। सुबह-सुबह उगते सूर्य को देखने से हमारी दृष्टि मज़बूत होती है, सूर्य की किरणों से हमें विटामिन डी मिलता है, जो हमारी हड्डियों की मज़बूती के लिए बेहद ज़रूरी है। इस तरह सूर्य उपासना के निमित्त हमें बहुत से शारीरिक लाभ होते हैं।

अब सूर्य नमस्कार को ही लीजिए। एक सूर्य नमस्कार के चक्र में कितने आसन हैं, जो हमारे पूरे शरीर को फिट रखने के लिए काफी हैं। सूर्य नमस्कार की पुनरावृत्ति करके पूरा व्यायाम हो जाता है। मुख्य बात यही है कि हर कर्मकाण्ड के पीछे जो समझ है, वह बनी रहे और उसी को समझकर हम पूजा-पाठ करें। तभी वह फलदायक होगी अन्यथा मात्र कर्मकाण्ड बनकर ही रह जाएगी।

## गाय की पूजा का मर्म

हमारा देश एक कृषि प्रधान देश है और गाय एक ऐसा प्राणी है, जो न सिर्फ हमारे घर को बल्कि हमारी खेती को भी बहुत सहयोग देता है। जैसे गाय के गोबर के बने उपलों से इंधन मिलता है। गाय के गोबर से खाद बनता है, साथ ही यह घर लीपने में भी काम आता है। पुराने समय में तो गोमूत्र को ही कीटनाशक के रूप में फसलों पर छिड़का जाता था। गाय के दूध से घी, मक्खन, दूध, दही, छाछ, पनीर जैसे स्वास्थ्यवर्धक खाद्य पदार्थ मिलते हैं, जिससे घर के सदस्यों का विशेषकर बच्चों का स्वास्थ्य बहुत उत्तम होता है। गाय के बछड़े जब बैल बनते हैं तो वे खेती में हल जोतने का कार्य करते हैं। इसीलिए पुराने समय में किसान के लिए गोधन सबसे बड़ा धन माना जाता था क्योंकि पुराने समय में गाय की उपयोगिता बहुत ज़्यादा थी। एक तरह से वह पूरे परिवार की पालनकर्ता हुआ करती थी।

एक गाय हमें इतना सहयोग करती है, उसका कोई अहित न करे, उसे मारे नहीं इसीलिए उसे पवित्र प्राणी बताकर या माँ की संज्ञा देकर पूजनीय बताया गया। जो जीव

हमारा इतना भला कर रहा है, क्या वह हमारे सम्मान, हमारी कृतज्ञता और सुरक्षा की पात्र नहीं है? क्या हमें उसका महत्त्व समझते हुए उसका पारिवारिक सदस्य की भाँति खयाल नहीं रखना चाहिए? आज गौ रक्षा की बातें तो बहुत होती हैं लेकिन गायों को उचित देखभाल नहीं मिलती। वरना पहले कभी गाय सड़कों पर घूमती, कचरे के ढेर में भोजन खोजती नज़र नहीं आती थी। हर घर से पहली रोटी गाय को ही मिलती थी। आज गाय कहलाती माता है किन्तु उसकी दशा बहुत चिंतनीय है। गाय की ही क्यों? आज हर उस चीज़ या जीव की दशा चिंतनीय है, जिसे हमारे देश में पूजनीय माना जाता है चाहे वह स्त्री हो, प्रकृति हो या जीव हो।

जीवों और वनस्पतियों को देवतुल्य और पूजनीय बताकर कुछ पूजा के नियमों का विकास कर, उन्हें प्रचलित किया। यह कितनी खूबसूरत और दूरदर्शी सोच थी, जो आज इंसान के अज्ञान के कारण लुप्त हो चुकी है।

> ईश्वर द्वारा बनाए गए नियमों का पालन करेंगे तो विश्व की सबसे बड़ी शक्ति आपके लिए कार्य करेगी।

अध्याय १०

# जड़ में चेतना के दर्शन
## निर्जीव वस्तुओं की पूजा

ईश्वर की मूर्ति और प्रकृति के बाद बात आती है- निर्जीव वस्तुओं के पूजा की। यह भी एक तरह से मूर्ति पूजा का ही रूप है, जिसमें आप किसी न किसी निर्जीव वस्तु की किसी खास विधि-विधान से पूजा करते हैं। यह परंपरा सदियों पुरानी है कि किसी पर्व विशेष पर क्षत्रिय अपने हथियारों की पूजा करते हैं, विद्यार्थी और ब्राह्मण अपनी पुस्तक-पोथियों की, व्यापारी अपने बही खातों की पूजा करता है।

बहुत से घरों में जब कोई नई चीज़ आती है जैसे वाहन, फ्रिज, टी. वी. आदि तो पहले उसकी पूजा की जाती है, उसके सामने नारियल फोड़ा जाता है। इसी तरह अलग-अलग घरों में कुछ अलग-अलग वस्तुओं की भी पूजा की जाती है। कुछ लोग इसे परंपरा मानकर आज भी निभाते हैं और कुछ लोग इसे ढकोसला या कर्मकांड मानकर छोड़ चुके हैं। आइए, इसके पीछे की समझ को ग्रहण करते हैं।

### 'निर्जीव' में भी 'जीव'

यदि आप ध्यान दें तो निर्जीव शब्द में भी 'जीव' शब्द जुड़ा हुआ है यानी जड़ में भी चेतन का वास है। वैज्ञानिक प्रयोगों द्वारा आज यह सिद्ध हो चुका है कि इस सृष्टि की प्रत्येक जीव अथवा निर्जीव रचना वास्तव में एनर्जी है, कुछ और नहीं। अगर आध्यात्मिक अवधारणा से देखें तो निर्जीव

में भी सजीव है, जड़ में भी चेतन है। इस संदर्भ में भक्त प्रह्लाद की कहानी आती है कि जब प्रह्लाद ने हिरण्यकश्यप को बताया कि कण-कण में भगवान है, हर जड़ और चेतन में वही एक नारायण है तब हिरण्यकश्यप ने उससे क्रोध में पूछा- 'तो क्या इस खंभे में भी भगवान है?' प्रह्लाद ने कहा- 'हाँ, इसमें भी भगवान है।' और उसकी बात को सत्यापित करने के लिए भगवान विष्णु स्वयं नरसिंह रूप लेकर उस खंभे को तोड़ते हुए उसमें से प्रकट हुए।

यह कथा जड़ में भी उसी एक यूनिवर्सल चेतना की उपस्थिति को दर्शाती है, जिससे यह पूरा संसार रचा गया है। अगर इस बात का आध्यात्मिक पहलू छोड़ दिया जाए तो जरा सोचें एक सैनिक के लिए उसका हथियार कितने मायने रखता है? शस्त्र के बिना एक सैनिक अधूरा है। इसी तरह पुस्तकों के बिना विद्यार्थी और बही खातों के बिना व्यापारी असहाय है। अब जो चीज़ें हमारे लिए इतनी महत्वपूर्ण हैं, क्या हमें उन्हें आदर और सम्मान नहीं देना चाहिए? क्या हमें उन्हें सँभालकर नहीं रखना चाहिए?

चीज़ चाहे जो भी हो, वह प्रकृति हो, जीव हो, वस्तु हो... जिसका भी आपको लाभ मिल रहा है, जो आपके लिए उपयोगी है, उसके प्रति कृतज्ञ होना, उसका महत्त्व समझना, उसका ध्यान रखना और उसे सुरक्षा देना, यह हरेक की ज़िम्मेदारी बनती है।

हमें यह ज़िम्मेदारी याद रहे इसीलिए हमारे पूर्वजों ने अलग-अलग पर्वों पर अलग-अलग वस्तुओं की पूजा के नियम बनाए ताकि एक दिन ही सही सभी उन चीज़ों के प्रति कृतज्ञता के भाव से नतमस्तक हो सकें, जिसके बिना हमारा जीवन अधूरा है।

## आपकी वस्तुएँ, आपकी मित्र हैं

कुछ लोग होते हैं, जो अपनी चीज़ों को बहुत प्यार से सँभालकर रखते हैं। यहाँ तक कि अपने वाहनों, पसंदीदा मशीनों के नाम भी रख देते हैं और उनसे बातें भी करते हैं। वे उन्हें उतना ही प्यार और देखभाल देते हैं, जैसे वे कोई मित्र या पारिवारिक सदस्य हों। ऐसे लोगों की वस्तुएँ और उपकरण सालों-साल बिना किसी खराबी के चलते हैं। इसके विपरीत कुछ घर ऐसे होते हैं, जहाँ बेजान चीज़ों के प्रति कोई भावनाएँ नहीं होतीं। उन्हें कहीं भी पटक दिया जाता है, उनका खयाल नहीं रखा जाता, उनका दुरुपयोग भी किया जाता है। ऐसे घरों में चीज़ें कब आईं, कब खराब हुईं, पता ही नहीं चलता।

अब आप बेजान समझी जानेवाली अपनी उपयोगी वस्तुओं और उपकरणों को एक नई दृष्टि से देखना शुरू करें। यदि आप मनन करें कि वह चीज़ आपके लिए कितना महत्त्व रखती है, यदि वह न होती तो आपकी दिनचर्या में क्या-क्या मुश्किल हो सकती थी? आप स्वयं ही उसके प्रति आदर भाव और कृतज्ञता महसूस करेंगे, ईश्वर को इस

बात के लिए धन्यवाद देंगे कि उसने वह वस्तु आपको उपलब्ध कराई।

जरा सोचकर देखिए, आज की तारीख में यदि आपका फोन गुम हो जाए या लैपटॉप बिगड़ जाए तो क्या होगा? आपको लगेगा आपकी दुनिया ही लुट गई। आपको कहीं अर्जंट जाना हो और आपकी गाड़ी खराब हो जाए तो आपका पूरा दिन ही बर्बाद हो जाएगा। अगर एक गृहिणी की कुकिंग गैस खराब हो जाए, दर्ज़ी की सिलाई मशीन बंद पड़ जाए, कंप्यूटर इंजीनियर का कंप्यूटर खराब हो जाए तो उसके जीवन में उथल-पुथल मच जाएगी।

रोज़मर्रा के जीवन में इस्तेमाल की जानेवाली कई चीज़ें बिना रुके, बिना थके, बिना खराब हुए अगर अपना काम सही ढंग से कर रही हैं, आपको अपनी भरपूर सेवाएँ दे रही हैं तो यह आप पर उनकी कितनी बड़ी कृपा है। उनके ही कारण आप अपना जीवन शांतिपूर्वक जी रहे हैं।

ऐसे में आपका इतना फर्ज़ तो जरूर बनता है कि आप उन्हें प्यार से देखें, स्पर्श करें और कहें- 'मेरे जीवन में आने के लिए धन्यवाद... मैं आपसे बहुत प्रेम करता हूँ और आपका पूरा खयाल रखूँगा। जीवन को आसान बनाने के लिए मैं आपका सदा आभारी हूँ।' इस तरह चीज़ों के प्रति अपने भाव बदलने से ही आपको चमत्कारिक परिणाम दिखाई देंगे। आप देखेंगे कि वे चीज़ें पहले से बेहतर काम कर रही हैं।

कई बार आपने यह देखा होगा कि किसी इंसान को स्कूटर स्टार्ट करने में या किसी मशीन को चलाने में बड़ी मशक्कत करनी पड़ती है, जबकि कोई दूसरा इंसान उन चीज़ों को सहजता से ऑपरेट कर लेता है। कारण यही है कुछ लोग अपने निजी संसाधनों से ऐसी ट्यूनिंग बना लेते हैं कि वे उसका एक दोस्त की भाँति साथ देते हैं। वस्तुओं की पूजा-अर्चना के पीछे यही उद्देश्य है।

जिस तरह आप कई बार खुद के साथ
अकेले रहना चाहते हैं,
उसी तरह ईश्वर भी हर दिन आपके साथ
कुछ वक्त अकेले में रहना चाहता है।
इसीलिए आप प्रार्थना और ध्यान के
माध्यम से ईश्वर के साथ रहें।

अध्याय ११

# यज्ञ और उपवास रहस्य

## पूजा पद्धतियों की पहली समझ

मूर्तिपूजा मार्ग में बहुत से कर्मकाण्ड और पूजा पद्धतियाँ प्रचलित हैं। ईश्वर के प्रत्येक प्रचलित स्वरूप के लिए अलग-अलग तरह की पूजा पद्धतियाँ और कोई न कोई विशेष दिन निर्धारित है। उस दिन उनकी किसी विशेष रीति से पूजा-अर्चना की जाती है। उस दिन का खानपान भी बाकी दिनों से अलग होता है। जितने देवी-देवता उतने नियम-विधान। यह बात भी भक्तों के मन में बहुत से सवाल खड़े करती है। किसकी पूजा करें, किसकी नहीं, किस तरीके से पूजा करें, किससे नहीं? ये बातें कई भक्तों के बीच में विरोध और कनफ्यूजन का कारण बनती हैं।

इस कनफ्यूजन का सीधा सा जवाब है- पूजा के नाम पर जो भी क्रिया करें, वह पूरी समझ के साथ करें। आपको पता हो कि आप क्या कर रहे हैं, उसके पीछे क्या उद्‌देश्य छिपा है। फिर भले ही वह कोई कर्मकाण्ड, गंगा स्नान, तीर्थ यात्रा, व्रत-उपवास क्यों न हो। वह आपको पूर्ण फल देगी अर्थात आपका आध्यात्मिक विकास करेगी। अन्यथा समझ के अभाव में मात्र ढकोसला ही बनकर रह जाएगी। आइए, पूजा की दो प्रचलित विधियों, यज्ञ और उपवास के पीछे की समझ को जानते हैं।

## यज्ञ-हवन रहस्य

यज्ञ हवन करना भारत की प्राचीन परंपरा रही है। यदि आपने कहीं यज्ञ हवन होते हुए देखा हो तो उसमें एक यज्ञ कुंड होता है, जिसमें अग्नि प्रज्वलित की जाती है। फिर देवताओं का आवाहन किया जाता है मतलब उन्हें बुलाया जाता है और उनका नाम लेकर उन्हें आहुतियाँ अर्पित की जाती हैं। आहुतियाँ अर्पित करते हुए सामान्यतः 'स्वाहा', 'इदं न मम' कहा जाता है। यहाँ हमें यज्ञ या हवन की इस पूरी प्रक्रिया को समझना आवश्यक है क्योंकि यज्ञ की हर क्रिया के पीछे कुछ मूल समझ छिपी है।

दरअसल यह यज्ञ प्रकृति और मानव के संतुलित संबंध का प्रतीकात्मक रूप होता है। प्रकृति में अनेक तत्त्व हैं। जैसे पानी, हवा, आदमी, सूर्य, धरती, आकाश, वनस्पतियाँ, ग्रह, उपग्रह आदि। इन सभी तत्त्वों के आपसी सामंजस्य से सृष्टि का जीवन सुचारू रूप से चल रहा है। जैसा आपने पहले भी पढ़ा है कि सभी प्राकृतिक तत्त्व को हमारे ऋषि-मुनियों ने एक देवता की संज्ञा दी है और उसे पूजातुल्य बताया है। साथ ही अग्नि में समस्त देवताओं और ईश्वर का वास भी माना गया है क्योंकि मूलतः ईश्वर एक अनंत प्रकाश ही है।

यज्ञ में प्रज्वलित की गई अग्नि उसी एकमेव ईश्वर का और समस्त देवताओं का निवास स्थान माना जाता है। इस अग्नि को हम सत्य की अग्नि भी कह सकते हैं, जिसमें तपकर इंसान अपने अहंकार से विलग होता है। यज्ञ करते हुए, आहुतियाँ देते हुए 'स्वाहा' कहा जाता है, जिसका अर्थ है- स्व (अहंकार, मैं) का ह्रास (नाश) होना।

आहुतियाँ देते हुए यज्ञकर्ता का भाव भी यही होना चाहिए कि 'मैं इस सत्य की अग्नि के सामने बैठकर एक-एक करके अपने समस्त अहंकार ईश्वर को समर्पित कर रहा हूँ। यह जो है वह मेरा नहीं है, वह उसी का है तो उसी को लौटा रहा हूँ और अपने अहंकार का नाश कर रहा हूँ (इदं न मम, स्वाहा)।'

वास्तव में यज्ञ और हवन ईश्वरीय सत्ता के समक्ष झुकने की, उसकी सराहना करने की और उसमें अपना अहंकार विलीन करने की ही प्रक्रिया है। यदि इसे करते हुए यह समझ नहीं है तो वह मात्र कर्मकाण्ड ही है। समझ के अभाव में आजकल यज्ञ-हवन को भी फल प्राप्ति की क्रिया बना दी गई है। क्योंकि पहले तो इंसान को यही नहीं पता होता है कि यज्ञ-हवन करते हुए उसे कैसे भाव रखने हैं। वह कहीं से सुन-पढ़ लेता है कि 'फलाँ अनुष्ठान करने से उसकी मनचाही इच्छा पूरी हो जाएगी, किस्मत बदल जाएगी।' अतः वह लालचवश यज्ञ-हवन करता है। फिर वह संपूर्ण यज्ञ में देने का नहीं बल्कि

पाने का ही भाव रखता है और यही सोचकर खुश होता है कि यह यज्ञ पूरा होगा तो उसे फलाँ-फलाँ फल की प्राप्ति होगी। इस तरह ईश्वर से मिलनेवाली उपासना पद्धति का मूल उद्देश्य पूर्ण नहीं होता बल्कि इंसान उलटा फल में आसक्ति बढ़ाकर या तो निराश होता है या लोभी बन जाता है।

इसके अतिरिक्त यज्ञ की आहुतियों में जो हवन सामग्री प्रयोग की जाती हैं, उनके धुएँ से वातावरण के वाइरस और बैक्टीरिया मरते हैं, जिससे वातावरण शुद्ध और स्वास्थ्यकारी बनता है इसलिए यज्ञ-हवन करना पर्यावरण के लिए भी अच्छा है।

**व्रत-उपवास रहस्य**

साकार मार्ग की उपासना में व्रत-उपवास का भी बहुत महत्त्व है। हर देव विशेष के लिए कोई न कोई व्रत प्रचलित है। हर व्रत के अलग-अलग दिन और अलग-अलग नियम निर्धारित हैं। जैसे गणपति के लिए चतुर्थी, माता के लिए अष्टमी, शंकर भगवान के लिए सोमवार और महाशिवरात्रि, हनुमान जी के लिए मंगलवार और शनिवार, संतोषी माता के लिए शुक्रवार आदि दिन के व्रत प्रचलित हैं। इसके अतिरिक्त नवरात्र, छठ पूजा, करवाचौथ, जन्माष्टमी, हरितालिका तीज, वट सावित्री आदि बहुत से प्रचलित व्रत हैं।

हर धर्म में व्रत के समान ही कुछ न कुछ परंपरा है। हर व्रत में कुछ न कुछ खाने का निषेध है। जैसे किसी उपवास में खट्टा नहीं खाना है, किसी में नमक नहीं खाना है, किसी में मीठा नहीं खाना है, किसी में चावल नहीं खाना है, किसी में बिलकुल नहीं खाना है, किसी में तो पानी भी नहीं पीना है। इस तरह से देखा जाए तो व्रत वास्तव में हमारे पूर्वजों द्वारा स्वास्थ्य के लिए बनाए गए कुछ खानपान के नियम हैं। इन्हें यदि समझ के साथ अपनाया जाए तो हमारा पाचन तंत्र सही रहता है। जैसे साल में जब दो बार नवरात्रों* के व्रत आते हैं तो वह समय मौसम परिवर्तन का होता है, यदि उस समय व्रत रखा जाए तो हमारा शरीर बहुत सी बीमारियों से बच सकता है।

किंतु समस्या यह है कि लोग डर, लालच या दिखावे में आकर व्रत रखते हैं लेकिन उनका स्वादेंद्रि और भूख पर संयम नहीं होता। इसीलिए उन्होंने व्रत में खाए

---

** मध्य प्रदेश, उत्तर प्रदेश में प्रचलित प्रथा अनुसार साल में दो बार नवरात्र उत्सव मनाया जाता है- चैत्र नवरात्र और शारदीय नवरात्र।*

जा सकनेवाले ऐसे-ऐसे स्वादिष्ट व्यंजनों को इजाद कर लिया है, जो सामान्य खाने से ज़्यादा गरिष्ठ और स्वादिष्ट होते हैं। वे व्रत के नाम पर खूब जमकर मिठाई, पकवान, व्यंजन खाते हैं और ऐसे में व्रत न रखनेवाला व्यक्ति सोचता है- 'काश! मैंने भी व्रत रख लिया होता तो मुझे भी यह मज़ेदार खाना मिलता।' इस तरह से रखे गए व्रत फायदे के बजाय नुकसान ही करते हैं।

यदि समझ के साथ व्रत रखे जाएँ तो बहुत से फायदे होते हैं। जैसे- उपवास से हमारे पाचन तंत्र को विश्राम मिलता है और वह दुरूस्त होता है। संयमित भोजन करने से हमारा वजन सही और शरीर स्वस्थ रहता है। तमोगुण प्रभावी नहीं रहता, शरीर में पूरे दिन स्फूर्ति और ताज़गी बनी रहती है। आत्म नियंत्रण, संयम, संकल्प शक्ति, तन-मन की शुद्धता जैसे गुण बढ़ते हैं। स्वादइंद्रि (ज़ुबान) अनुशासित होती है, जिससे वह खाने-पीने की प्रतिकूल परिस्थितियों में भी ध्यान और भक्ति में सहयोग करती है। स्वस्थ और अनुशासित शरीर एवं स्वादेंद्रि आध्यात्मिक उन्नति के लिए बहुत आवश्यक है। ऐसा शरीर ही टिककर ध्यान और भक्ति कर सकता है। इस तरह से समझ और नियम से किए गए व्रत हमारे लिए लाभदायक हैं, अन्यथा नहीं।

ईश्वर ने आपको हर भूल के लिए
माफ कर दिया है,
शर्त केवल यह है कि आपने पहले अपने मन में,
सबसे माफी माँगकर, सबको माफ कर दिया हो।

*अध्याय १२*

# आरती और नैवेद्य अर्पण रहस्य

## पूजा पद्धतियों की पूर्ण समझ

यदि आप पूजा की किसी भी प्रचलित क्रियाओं पर मनन करेंगे तो पाएँगे कि उनको किसी खास उद्देश्य के लिए ही बनाया गया है, जो भक्त की अवस्था का विकास करता है, उसमें कुछ आध्यात्मिक गुण विकसित करता है। ऐसी ही कुछ क्रियाओं को हम इस अध्याय में समझेंगे।

**भोग अर्पण रहस्य**

रसोई में जो कुछ भी बने उसका एक भाग निकालकर ईश्वर को अर्पण करना और फिर शेष भोजन को प्रसाद स्वरूप ग्रहण करना, यह एक प्राचीन भारतीय परंपरा है, जिसका पालन आज भी कई घरों में किया जाता है। जिन्होंने भी इस प्रथा को बनाया है, वे इसके लाभ भी जानते थे। यह सत्य है कि भोजन बनाते हुए जैसे भाव एवं विचार रखे जाते हैं, उनका प्रभाव भोजन में आता है। जैसे यदि भोजन बनाने के समय भोजन बनानेवाले के अंदर चिड़चिड़ाहट या गुस्से के भाव हैं तो उसकी वह नकारात्मक ऊर्जा भोजन में भी आ जाती है। फलस्वरूप उसे खानेवाले इंसान के अंदर भी गुस्सा और चिड़चिड़ाहट पनपते हैं।

ऐसे ही शुद्ध सात्विक विचार रखते हुए बनाया गया भोजन खानेवाले के मन में शांति, आनंद और सात्विकता भरता है। जब एक भक्त ईश्वर

के भोग हेतु भोजन बनाता है तो वह उसे पूरे मन से, शुद्धता और सात्विकता के साथ भक्तिभाव से बनाता है ताकि वह ईश्वर को अच्छा लगे। ऐसा प्रसाद स्वरूप भोजन ग्रहण करनेवालों के अंदर भी भक्ति जगती है।

दूसरी बात यह कि जब भोजन को प्रसाद समझकर ग्रहण किया जाए तो उसमें रह गई कमियाँ भी स्वीकार हो जाती हैं। जैसे यदि खाने में नमक ज़्यादा या कम हो गया तो एक भक्त सोचेगा, 'आज मेरे ईश्वर ने भी ऐसा ही खाया है तो भला मुझे क्या आपत्ति है' और वह उसे उसी प्रेम और स्वीकार भाव से ग्रहण कर लेगा।

इसके अतिरिक्त भोजन अर्पण करना एक प्रतीकात्मक प्रक्रिया भी है, जो इंसान को उसके चिपकावों से मुक्त करती है। दान देना तो दूर, बहुत से लोग किसी को एक समय का भोजन भी नहीं दे पाते। ऐसे में उन्हें प्रथा के नाम पर ही सही, सिखाया जाता है कि 'भले थोड़ा छोड़ो मगर कुछ तो छोड़ो... किसी इंसान को न दे पाओ तो कम से कम भगवान को ही दो।' धीरे-धीरे वह देने का आनंद महसूस करता है और भक्ति में चिपकावों से मुक्त हो जाता है।

इस तरह से देखा जाए तो भोग अर्पण करने की रीति बहुत अच्छी है। किंतु इसमें तब समस्या उत्पन्न हो जाती है, जब आप ईश्वर को छप्पन भोग लगाएँ किंतु किसी गरीब भूखे अभावग्रस्त इंसान के लिए थोड़ा भी अन्न न दे सकें। बहुत से लोग ईश्वर को भरपूर चढ़ावा चढ़ाते हैं क्योंकि उनको पता होता है कि ईश्वर की मूर्ति स्वयं नहीं खाएगी। वह पूरा भोग उनको ही खाने को मिलेगा और दूसरा यह है कि उनको धारणा रहती है कि ऐसा करने से ईश्वर उनसे प्रसन्न होकर उनकी इच्छाएँ पूरी करेगा।

जिस भोग अर्पण क्रिया से मन का चिपकाव आपकी आसक्ति, आपका लालच दूर नहीं हुआ तो समझिए यह क्रिया व्यर्थ और ढकोसला ही है। भोग अर्पण की क्रिया तब ज़्यादा फलदाई होगी, जब आप दरिद्र नारायण को भोग लगाएँगे अर्थात गरीब, दुःखी, भूखे लोगों में ईश्वर का दर्शन कर, उनको खाना खिलाएँगे। ऐसे भोग से ईश्वर सबसे ज़्यादा प्रसन्न होते हैं।

इसी तरह से ईश्वर की मूर्ति को वस्त्र, आभूषण, फूल आदि भी चढ़ाए जाते हैं, जिसका मूल उद्देश्य चीज़ों के प्रति अपने स्वामित्व भाव और आसक्ति का त्याग ही है।

## आरती रहस्य

आरती का नाम सुनते ही मन में जो छवि उभरती है, वह कुछ ऐसी होती है- घंटे-

घंटियों, झाँझ, मंजीरों और करतल ध्वनियों के साथ लयबद्ध आरती गाना। साथ ही धूप, दीप, कपूर से सजी थाल जिसको ईश्वर के सम्मुख घुमाकर उसकी आरती की जाती है। यदि आप किसी भी आरती को सुनें तो उसमें ईश्वर के किसी रूप विशेष की स्तुति होती है, साथ ही भक्त का समर्पण भाव भी होता है। आरती की क्रिया एक भक्त की भक्ति और समर्पण भाव को उच्चतम अवस्था तक ले जा सकता है। आरती की थाली को घुमाते हुए वह दीप के प्रकाश में ईश्वर के अनुपम स्वरूप को निहारता है, जिससे उसकी भक्ति बढ़ती है। साथ ही ईश्वरीय गुणों पर भी फोकस होता है। जो लोग आरती स्थल पर नहीं हैं किंतु उन तक आरती और घंटों के स्वर पहुँच रहे हैं, उनका ध्यान भी कुछ समय के लिए ईश्वर की ओर मुड़ता है। उनमें भी भक्ति की अवस्था तैयार होती है।

## तिलक रहस्य

माथे पर तिलक लगाना भी धार्मिक क्रिया का एक हिस्सा है, जिसमें ईश्वर की मूर्ति और भक्त, दोनों को तिलक लगाया जाता है। मुख्य रूप से लोग माथे के बीच में चंदन, कुमकुम, हल्दी, भस्म का टीका लगाते हैं। दरअसल माथे के बीच में आज्ञा चक्र होता है, जिसे ज्ञान स्थल भी कहा जाता है। यह हमारी एनर्जी का महत्वपूर्ण चक्र है। यदि यहाँ पर लाल रंग का टीका लगाते हैं तो एक तरह से कलर थेरेपी होती है। लाल रंग हमारे इस चक्र को और यहाँ के ऐक्यूप्रेशर पॉइंट को अतिरिक्त ऊर्जा देता है। यदि यहाँ चंदन का टीका लगाते हैं तो यह हमारे मस्तिष्क को शीतलता देता है और विचारों को शांत करता है।

## नारियल अर्पण रहस्य

मूर्ति पूजा की विधियों में ईश्वर को नारियल समर्पित करना भी एक प्रचलित क्रिया है। कभी आपके मन में प्रश्न उठा है कि ऐसा क्यों किया जाता है? ईश्वर को नारियल क्यों समर्पित किया जाता है या उसको क्यों तोड़ा जाता है? इसका भी एक कारण है। नारियल हमारे सिर का प्रतीक है और सिर हमारे अहंकार का प्रतीक। नारियल अर्पित करना या नारियल तोड़ना मूल रूप से यही दिखाता है कि हम अपना अहंकार ईश्वर को समर्पित कर रहे हैं।

वह अहंकार जो हमें उस ईश्वर से अलग करता है, उसे वापस ईश्वर को ही समर्पित कर रहे हैं। नारियल तोड़ना भी अपने अहंकार को तोड़ने की प्रक्रिया ही दिखाता है। किंतु इस समझ के अभाव में हम बाज़ार से नारियल खरीदते हैं, मंदिर में चढ़ा देते हैं और अपना काम समाप्त समझते हैं। उसकी मूल भावना तो गायब ही है।

इनके अतिरिक्त भी साकार भक्ति में पूजा-अर्चना की बहुत सी क्रियाएँ होती हैं, जिसमें सभी के पीछे कुछ न कुछ समझ जुड़ी हुई है। यदि आप उनको करने से पहले उन पर मनन करेंगे तो खुद ही मूल बात पर पहुँच जाएँगे। ऐसे में वे सभी अतिरिक्त कर्मकाण्ड जो बिना किसी समझ के साथ यूँ ही जुड़ गए उनसे दूर भी हो जाएँगे।

> आपकी इच्छा पर ईश्वर 'तथास्तु' कहता है और चाहता है कि आप हमेशा विश्वास के साथ रचनात्मक तरीके से काम करें।

अध्याय १३

# मूर्तिपूजा में खबरदारी

## मूर्ति में न अटकें, लक्ष्य साधें

यदि आप मूर्तिपूजक हैं तो अब तक आपने जो भी अध्याय पढ़ें, उनके आधार पर यही कहेंगे कि मूर्तिपूजा तो निराकार साधना से श्रेष्ठ है, वही हमारे लिए अच्छी है। फिर भला क्यों इतने सारे आत्मज्ञानी संतों (कबीर, नामदेव, गुरुनानक, बुद्ध और महावीर) ने मूर्तिपूजा का विरोध किया है?

इस सवाल का जवाब है कि उन सभी ने मूर्तिपूजा का नहीं बल्कि मूर्तिपूजा के नाम पर फैल चुके पाखंड और अज्ञान का विरोध किया है। जब एक भक्त मूर्तिपूजा का असली उद्देश्य (आत्मसाक्षात्कार) भूल जाता है और अपनी सोच को सीमित कर मूर्ति में ही उलझकर रह जाता है तो फिर गुरु को, संतों को उन्हें सही राह पर लाने के लिए युग अनुसार मूर्तिपूजा का खंडन करना ही पड़ता है। आइए, इसे एक कहानी द्वारा समझते हैं।

### समझ विहीन मूर्तिपूजा नुकसान करती है

एक आत्मअनुभवी बाबा थे, जो मूर्तिपूजा के बजाय निराकार भक्ति को श्रेष्ठ कर बताते थे। एक बार उनके पास एक पुजारी आए और पूछने लगे- बाबा बताएँ कि पत्थर की मूर्ति में भगवान हैं या नहीं? बाबा बोले- 'हाँ-हाँ क्यों नहीं हैं... भगवान सर्वव्यापक हैं इसीलिए मूर्ति में भी हैं।'

इस पर पुजारी ने कहा- 'तब मूर्तिपूजा में क्या दोष है, जबकि मूर्ति सामने रहने से उसमें मन जल्दी एकाग्र होता है, भक्ति भाव जागृत होते हैं तो फिर ऐसी पूजा में क्या दोष है?' इस पर बाबा बोले- 'तुम्हारा तर्क बिलकुल ठीक है लेकिन इसे दूसरे पहलू से देखो। तुम अपने मंदिर में ईश्वर की मूर्ति रखते हो, उसमें ईश्वर का दर्शन करते हो और उसकी पूजा, आराधना करते हो।' पुजारी बोले- 'जी हाँ, मैं रोज ऐसा करता हूँ।' बाबा ने आगे कहा- 'अब मान लो किसी दिन तुम्हारी वह मूर्ति चोरी हो जाए तो क्या होगा, क्या तुम्हें गुस्सा नहीं आएगा, दुःख नहीं होगा, क्या यह नहीं लगेगा तुम्हारा ईश्वर चोरी हो गया?'

इस पर पुजारी बोले- 'हाँ बाबाजी, गुस्सा तो बहुत आएगा और दुःख भी होगा। लगेगा जैसे मेरी दुनिया ही लुट गई। कोई मेरी धन संपत्ति चुरा ले तो मुझे कोई आपत्ति नहीं लेकिन मेरे आराध्य की मूर्ति चुराने पर मुझे बहुत दुःख होगा।'

इस पर बाबा बोले, 'यही तुम्हारे प्रश्न का उत्तर है। तुमने सर्वव्यापी ईश्वर को एक मूर्ति में कैद कर, इतना छोटा कर दिया है कि तुम उसे ही ईश्वर मानकर जी रहे हो। उसके कारण क्रोध और दुःख के शिकार हो सकते हो। बजाय इसके यदि यह भाव रखा जाए कि जो ले गया उसमें भी वही ईश्वर है, जो उस मूर्ति में है तो तुम्हें उतनी पीड़ा न होगी।

दूसरी बात यह है कि कुछ लोग ईश्वर (मूर्ति) की पूजा करते हैं, पूजा के बाद मंदिर को बंद कर देते हैं और फिर उस मूर्ति से आँख बचाकर दिनभर पाप करते फिरते हैं। लेकिन यदि वे ईश्वर को सर्वव्यापक मानें और सदा सर्वत्र विद्यमान समझें तो ईश्वर की आँखों से कभी दूर नहीं हो सकते और उससे बचकर कभी कोई पाप कर्म नहीं कर सकते।

तीसरी बात, लोग ईश्वर की मूर्तियों में भेद करते हैं- जैसे 'हमारा ईश्वर ऐसा, दूसरे का ईश्वर ऐसा; हमारा ईश्वर बड़ा, दूसरा ईश्वर छोटा।' ऐसे लोगों को केवल अपनी ही मूर्ति में ईश्वर नज़र आता है, दूसरे की नहीं। जिससे उनका आध्यात्मिक विकास नहीं होता उलटा पतन हो जाता है।' पुजारी को बात समझ में आई और वह उनकी बात से सहमत हुआ।

इस कथन का संकेत है कि मूर्तिपूजा में कोई बुराई नहीं लेकिन मूर्तिपूजा के साथ जो आसक्ति अज्ञान और भेद बुद्धि जुड़ जाती है, वही पूजा को उसके लक्ष्य से दूर रखती है। आसक्ति, अज्ञान, भेद बुद्धि, अहंकार, ये सब माया जनित विकार हैं। अगर किसी पूजा पद्धति में यही फल-फूल रहे हैं तो वह पूजा पद्धति भक्तों की सहायक नहीं बल्कि उसके विकास में बाधक है। इसलिए मूर्तिपूजक को स्वयं से प्रश्न पूछना चाहिए कि कहीं

उनकी भक्ति ही उन्हें मूर्ति में या कर्मकाण्डों में अटका तो नहीं रही है, कहीं भटका तो नहीं रही है?

मूर्तिपूजक किन-किन बातों में अटक या भटक सकता है। आइए, देखते हैं।

## अनेक ईश्वरवाद और भेदबुद्धि

हिंदू धर्म में ईश्वर के अनेक रूप प्रचलित हैं और उन्हीं के आधार पर अनेक संप्रदाय भी बन गए हैं। जैसे शैव संप्रदाय, वैष्णव संप्रदाय, देवी संप्रदाय आदि। इतिहास में अनेकों ऐसी घटनाएँ हैं, जब इन संप्रदायों में ईश्वर के ही नाम पर परस्पर लड़ाइयाँ भी हुईं। एक संप्रदाय के अनुयायी अपने ईश्वर को दूसरे से बेहतर सिद्ध करने में लग गए। इसका परिणाम यह हुआ कि जो मार्ग ईश्वर प्राप्ति के लिए बना था, वहाँ भी माया का खेल शुरू हो गया। उसने क्रोध, वैमनस्य, ईर्ष्या, हिंसा, अहंकार जैसे विकार बढ़ा दिए।

साकार भक्ति में यदि सही समझ नहीं है तो वह एक ही ईश्वर के दो या अधिक रूपों में भेद बुद्धि पैदा करती है। वह तुलनात्मक हो जाती है, श्रेष्ठता और नम्रता के चक्कर में पड़ जाती है। यह ऐसा ही है, जैसे आपके पिताजी के दो फोटो हैं। दोनों फोटो में पिताजी अलग-अलग गेटअप में हैं। उनमें से एक भाई को एक फोटो अच्छा लगता है, दूसरे भाई को दूसरा। कुछ समय बाद दोनों भाई आपस में लड़ने लगते हैं कि 'मेरे फोटोवाले पिताजी अच्छे हैं, नहीं मेरे फोटोवाले ज़्यादा अच्छे हैं।' सोचकर देखें यदि ऐसा हुआ तो यह कितनी हास्यपद बात होगी। ईश्वर के नाम पर संसार में ऐसे ही दृश्य देखने को मिल रहे हैं। सभी उसके ही रूप हैं। एक रूप को माननेवाले, दूसरे रूप को नकार रहे हैं और अपने रूप को श्रेष्ठ बता रहे हैं।

## फल प्राप्ति और पाप मिटाने का साधन बनती पूजा

ईश्वर के साकार रूपों की परिकल्पना भक्तों को लाभ देने के लिए बनी थी। लेकिन गुज़रते समय के साथ इस मार्ग में कुछ ऐसे कर्मकाण्ड जुड़ गए, जिन्होंने ईश्वर के नाम पर बहुत से भ्रम, डर और लालच खड़े कर दिए। जैसे 'फलाँ उपवास करोगे तो सारे पाप कट जाएँगे; फलाँ तीर्थ स्थान पर स्नान करोगे तो इतने पुण्य का फल मिलेगा; फलाँ मंदिर में एक बार सिर झुकाने से आपके सारे संकट समाप्त हो जाएँगे; फलाँ देवी की पूजा करोगे तो खूब धन-ऐश्वर्य बरसेगा; जो स्त्री फलाँ व्रत नहीं करेगी, उसके पति की आयु कम होगी; कोई गलती हो गई तो फलाँ-फलाँ देवता के दर्शन कर, इतना-इतना दान करना पड़ेगा, फिर ईश्वर सारे अपराध क्षमा कर देगा।'

इस तरह से पूजा को ईश्वर प्राप्ति का नहीं बल्कि फल प्राप्ति का साधन बना दिया गया है। साथ ही गलतियाँ करने का परमिट भी दे दिया कि खूब गलतियाँ करो और फिर ये-ये कर्मकाण्ड कर सबसे मुक्त हो जाओ। ये सभी बातें इतनी भ्रामक हैं कि इंसान का पतन कर देती हैं। सच तो यह है कि अपने हर अच्छे-बुरे कर्म का फल इंसान को भोगना ही पड़ता है। दुनिया की कोई ताकत उसे इससे नहीं बचा सकती इसलिए समझ के साथ कर्म करें।

दूसरी बात, आपकी सफलता-असफलता आपकी मेहनत, सोच और कर्म पर निर्भर करती है, किसी पूजा-पाठ पर नहीं।

तीसरी बात, ईश्वर प्रेम का नाम है, डर का नहीं। बदले की भावना इंसानों में होती है, ईश्वर में नहीं इसलिए यह डर तो मन से निकाल ही दें कि यदि किसी पूजा-पाठ या व्रत में गलती होने पर ईश्वर सज़ा देगा... किसी मूर्ति के आगे हाथ नहीं जोड़े तो वह क्रुद्ध होकर आपको नुकसान पहुँचाएगी। ऐसे डरों में जीना प्रेम और करुणा के सागर ईश्वर का अपमान ही है।

## समाज में 'शो ऑफ' का साधन बनते धार्मिक आयोजन

समझ के अभाव में आजकल त्योहार और धार्मिक आयोजन समाज में 'शो ऑफ' का साधन बन गए हैं। पहले लोग सिर्फ बेटे-बेटी की शादियों में अपनी हैसियत का खुला प्रदर्शन करते थे ताकि उनकी समाज में इज़्ज़त बढ़े लेकिन अब यह धार्मिक आयोजनों के माध्यम से होने लगा है। गणपति उत्सव में किसका गणपति बड़ा... किसका पंडाल बड़ा... मुहल्ले में नवरात्रों में किसने डांडिया या बड़ी मंडली बुलाकर जागरण कराया... दिवाली पर किसने ज़्यादा लाइट लगाई, पटाखे फोड़े... हल्दी-कुमकुम पर किसने किसको क्या दिया आदि। इन्हीं सब दिखावे और शो-बाज़ी से पढ़े-लिखे लोग भी अपने अहंकार संतुष्ट करते हैं।

धार्मिक आयोजन भक्ति के बजाय मेल-जोल और गेट-टुगेदर के बहाने बन गए हैं। लोगों को अपने मित्रों-रिश्तेदारों को बुलाना हो, फैमिली गैदरिंग करनी हो, उनसे कुछ लेन-देन निपटाना हो तो बस जागरण, कथा-कीर्तन आदि रख लेते हैं। लेकिन उनमें बातें वही होती हैं, किसने क्या पहना है, कौन क्या लाया है, किसे क्या देना है आदि।

एक इंसान दूसरे को बड़े गर्व से बताता है कि 'हमने फलाँ मंदिर में वी.आय.पी.

टिकट लेकर दर्शन किए, हमने इतना चढ़ावा चढ़ाया, हमने तो नवरात्रों के सारे व्रत रखे।' फिर भले ही उसने आम दिनों से ज़्यादा खाया-पीया हो। लोग इस बात का भी गुणगान करते हैं कि 'हमें तो पूरा सुंदर काण्ड, पाठ या फलाँ स्तुति ज़ुबानी याद है, हम तो रोज़ १०८ माला जपते हैं।' ऐसी बातें भक्ति के नाम पर अहंकार प्रदर्शन ही हैं, जिनसे बचना चाहिए और सही उद्‌देश्य पूर्ति हेतु आयोजन करने चाहिए।

> बीज है ईश्वर, वृक्ष है उसकी शक्ति।
> एक बीज में सारा जंगल समाया है।
> सारा संसार ईश्वर की शक्ति है।
> इसलिए एक में अनेक, अनेक में एक ही है।

अध्याय १४

# मूर्तिपूजा पर संतों के वचन

## जिसमें समझ नहीं, वह पूजा नहीं

पूजा उपासना चाहे जैसे भी की जाए यदि उसमें समझ नहीं है तो वह व्यर्थ है। मूर्तिपूजा मार्ग में इतने भिन्न-भिन्न देव, रीतियाँ, विधियाँ प्रचलित हो गई हैं, जिससे उनमें यह व्यर्थता कुछ ज़्यादा ही नज़र आ रही है। कारण- हर पंथ खुद को बेस्ट और दूसरे को निम्न बता रहा है। लोग बुरी तरह कर्मकाण्ड, ढकोसलों, दिखावे में उलझ गए हैं। भक्ति का असली मर्म भूलकर भक्ति के नाम पर वह सब कर रहे हैं, जिसे दूर करना ही भक्ति का उद्‌देश्य है। इसीलिए ज़्यादातर आत्मसाक्षात्कारी संतों ने मूर्तिपूजा का खंडन किया क्योंकि लोग मूर्तियों में अटककर आगे नहीं बढ़ पाते। इनमें संत कबीर, भगवान बुद्ध, भगवान महावीर, गुरुनानकजी आदि हैं। किंतु आश्चर्य की बात यह है कि मूर्तिपूजा का विरोध करनेवाले संतों की भी उनके शिष्यों और भक्तों ने मूर्तियाँ और मंदिर बना डाले हैं और वहाँ भी वही सब कर्मकाण्ड शुरू हो गए, जिनका खंडन उन संतों ने स्वयं किया था।

ऐसे ही कुछ संतों के चुनिंदा वचन, उनकी समझ के साथ यहाँ दिए जा रहे हैं ताकि आप मूर्तिपूजा के मर्म को समझ सकें।

**कबीर के दोहे**

पाहन पूजे हरि मिलै, तो मैं पूजू पहार।<br>
ताते यह चाकी भली, पीस खाय संसार।।

**भावार्थ** : एक मूर्ति से तो अच्छी घर की आटा चक्की ही है, कम से कम वह हमारा भला तो करती है। अर्थात बिना समझ के मूर्तिपूजा से कोई लाभ नहीं होनेवाला।

कांकर पाथर जोरि के मस्ज़िद लई चुनाय।
ता चढ़ि मुल्ला बांग दे, क्या बहिरा हुआ खुदाय।।

**भाावार्थ** : इस दोहे में संत कबीर ने उस तरह की भक्ति का विरोध किया है, जिसमें लोग शोर मचाकर, लाउड स्पीकर लगाकर चिल्ला-चिल्लाकर ईश्वर को पुकारते हैं। कबीरदासजी कहते हैं, वह खुदा बहरा नहीं है क्योंकि वह तुम्हारे भीतर ही है। उसे शांति से और अंतरमुखी होकर ही पाया जा सकता है, किसी बाहरी दिखावे या शोर मचाने की ज़रूरत नहीं।

मन तुम नाहक दुंद मचाये।
करी असनान छुवो नहीं काहू, पाती फूल चढ़ाये।
मूर्ति से दुनिया फल माँगे, अपने हाथ बनाये।
यह जग पूजै देव-देहरा, तीरथ-वर्त-अन्हाये।
चलत-फिरत में पाँव थकित भे, यह दुःख कहाँ समाये।
झूठी काया झूठी माया, झूठे-झूठे झुठल खाये।
बाँझिन गाय दूध नहीं देहै, माखन कहाँ से पाए।
साँचे के संग साँच बसत है, झूठे मारि हटाये।
कहैं कबीर जहँ साँच बसतु है, सहजै दरसन पाये।

**भावार्थ** : कबीरदासजी भक्ति के नाम पर व्यर्थ कर्मकाण्ड में उलझे मन को कहते हैं- मन तू व्यर्थ उलझन में ही द्वंद्व मचाता फिरता है। फूल पत्ती चढ़ाकर भी कोई आकाश (ईश्वर) को हाथों से नहीं छू सकता। दुनिया अपने हाथ की बनाई हुई मूर्ति से फल माँगती है और देवी-देवताओं की चौखट पूजती है। तीर्थयात्रा पर जाती है, व्रत रखती है और स्नान करती है। इसी चक्कर में चलते-चलते पाँव थक जाते हैं यानी असली ईश्वर का ध्यान करने के बजाय हम कर्मकाण्डों के पीछे अपना समय गँवाते हैं और असली उद्‌देश्य को भूल जाते हैं। आखिर यह दुःख कहाँ समाएगा? ये काया भी झूठी है और संसार की माया भी झूठी है। हम व्यर्थ ही जूठन खाते फिरते हैं। बाँझ गाय जब दूध ही नहीं देगी तो मक्खन कहाँ से मिलेगा? सच्चे के साथ सच्चा ही रहता है, अतः झूठे को विदा कर दो।

कबीरदासजी कहते हैं- जहाँ सत्य का वास है, वहाँ ईश्वर के दर्शन सहज हो जाते हैं।

## गुरुनानक की शिक्षाएँ

गुरुनानक हमेशा मूर्तिपूजा अज्ञान के विरोध में रहे। उन्होंने मूर्तिपूजा को निरर्थक माना। उनके अनुसार ईश्वर की प्राप्ति केवल आंतरिक साधना से संभव है। उन्होंने ईश्वर भक्ति में भेद बुद्धि, जात-पात माननेवाली मानसिकता का भी विरोध किया है। उनका कहना है-

अव्वल अल्लाह नूर उपाया, कुदरत दे सब बन्दे,<br>
एक नूर ते सब जग उपज्या कौन भले कौन मंदे।।

**भावार्थ** : एक परम पिता ईश्वर के नूर से ही सारा जग उपजा है, सभी एक ही कुदरत की संतान हैं अतः किसी में कोई फर्क नहीं है। कोई किसी से छोटा या बड़ा नहीं है।

उन्होंने ईश्वर के निराकार स्वरूप को बताते हुए कहा है-

**एक ओंकार** : एक ही आवाज़, एक ही नाद, एक ही जप, जो सभी के भीतर निरंतर चल ही रहा है, यह 'अजपा जाप' ही एक ओंकार है। जिसकी गुंज से सारा कार्य हो रहा है। कोई भी शब्द बनने से पहले जो था, वह ओंकार है।

**सतनाम** : यह नाम सदा अटल है, हमेशा रहनेवाला है।

**करता पुरख** : वह सब कुछ बनानेवाला है और वही सब कुछ करता है। वह सब कुछ बनाकर उसमें रस-बस गया है।

**निरभऊ** : उसको किससे कोई डर नहीं है।

**निरवैर** : उसका किसी से कोई बैर (दुश्मनी) नहीं है।

**अकाल मूरत** : ईश्वर की शकल कालरहित है। उस पर समय का प्रभाव नहीं पड़ता। उसका कोई आकार, कोई मूरत नहीं है।

**अजूनी** : वह जूनी यानी योनियों से रहित है। वह ना तो पैदा होता है, ना मरता है।

**स्वैभं** : वह स्वयंभू है अर्थात उसे न तो किसी ने जन्म दिया है, न बनाया है। वह खुद प्रकाशित हुआ है।

**गुरप्रसाद** : गुरु की कृपा से ही वह अनुभव में आता है।

## संत नामदेव की शिक्षाएँ

गुरु की शरण में आने से पूर्व नामदेव मूर्तिपूजा किया करते थे। उनका जीवन एक कर्मकाण्डी श्रद्धालु भक्त जैसा था जो मूर्तिपूजा, भजन-सत्संग, व्रत-उपवास तीर्थयात्रा आदि तक ही सीमित था। वे सिर्फ विट्ठल की मूर्ति में ही ईश्वर का अनुभव कर पाते थे, अन्य ईश्वरीय मूर्तियों या जीवों में नहीं। किंतु आत्मायोगी संत विसोबा से शिक्षा प्राप्त कर, उनके जीवन से धीरे-धीरे कर्मकाण्ड दूर होने लगे और ज्ञान का प्रकाश जगमगा उठा। अब उन्हें ईश्वर को प्रसन्न करने के लिए किसी तरह के कर्मकाण्ड की ज़रूरत नहीं रह गई थी। वे सदैव स्वअनुभव में लीन रहने लगे थे। अब उन्हें विट्ठल सिर्फ मंदिर की मूर्ति में नहीं बल्कि प्राणी मात्र में भी नज़र आने लगे थे। उनके लिए सर्वत्र विट्ठल ही विट्ठल थे।

निर्गुण सगुण नाही जया आकार। होऊनि साकार तोचि ठेला।।
पांडुरंगी अंगे सर्व झालें जग। निववी सर्वांग नामा म्हणे।।

संत नामदेव कहते हैं- वह पारब्रह्म परमचैतन्य निर्गुण भी है और वही सगुण भी है। वह अपने मूल रूप में निराकार है और वही नित नया आकार लेकर सबके सामने प्रकट भी हो रहा है। उस पांडुरंग में सारा विश्व समाया हुआ है और वही समस्त विश्व में चेतना बन समाया हुआ है। ऐसे पांडुरंग को देखने पर ही परमसुख की अनुभूति होती है।

एकै पाथर कीजै भाऊ, दुजै पाथर धरिए पाऊ।
जेइहु देऊ, तऊ उहू भी देवा।। कहि नामदेव हम हरि की सेवा।।

**भावार्थ :** प्रस्तुत रचना में संत नामदेव ने उन तथाकथित भक्तों पर कड़ा प्रहार किया है, जो पत्थर की मूर्तियों में तो ईश्वर दर्शन करते हैं लेकिन ईश्वर के ज़िंदा स्वरूप बाकी जीवों को सताते हैं, कष्ट देते हैं।

संत नामदेव कहते हैं- एक पत्थर को तुम अपना देवता मानकर पूजते हो, वहीं दूसरे पत्थर पर पैर रखकर चलते हो, जबकि दोनों ही पत्थर हैं। अगर एक में देवता है तो दूसरे में भी देवता है। इस भेद दृष्टि को छोड़कर नामदेव अब उसी हरि की सेवा करता है, जो सबमें है।

## गौतम बुद्ध की शिक्षाएँ

गौतम बुद्ध के समय में धर्म के नाम पर फैला अज्ञान और पाखंड अपने चरम पर थे। लोग भगवान के नाम पर न जाने क्या-क्या पाप कर्म कर रहे थे। लोगों के कर्म को

सुधारने के लिए उन्होंने उस ईश्वर के अस्तित्त्व को ही नकार दिया, जिसकी आड़ लेकर पंडित-पुरोहित अधर्म कर रहे थे। वे पूरी तरह से यथार्थ में जीने की शिक्षा देते थे।

भगवान बुद्ध ईश्वर की सत्ता को नहीं मानते थे। उनके कथन अनुसार दुनिया कारण-कार्य की श्रृंखला से चल रही है। यानी कर्म और उसका फल, फिर प्रतिकर्म और उसका फल... ऐसे ही चक्र चल रहा है। इस ब्रह्मांड को कोई चलानेवाला नहीं है, न ही कोई उत्पत्तिकर्ता है। वरना उत्पत्ति कहने से अंत भी प्रतीत होता है। जबकि इसका न कोई प्रारंभ है और न अंत।

वे कहते थे, 'स्वयं को जाने बगैर आत्मवान (प्रज्ञावान-स्वबोध) नहीं हुआ जा सकता। निर्वाण की अवस्था में ही स्वयं को जाना जा सकता है। ईश्वर के नाम पर बेकार के कर्मकाण्ड करने के बजाय पूरी तरह निःस्वार्थ होकर प्राणीमात्र की सेवा में लग जाओ। यही मुक्ति का सरल उपाय है।'

इस तरह से ज़्यादातर संतों ने साकार भक्तिमार्ग में फैल चुके पाखंड और कुरीतियों का खंडन कर, मूल सत्य को जानने-समझने पर ज़ोर दिया।

❒ ❒ ❒

सुबह होती है तो सूर्य निकलता है- गलत
सूर्य निकलता है तो सुबह होती है।
उसी तरह समझ (अंण्डरस्टैण्डिंग) पहले होती है,
भजन, ध्यान, सिमरण, सेवा, पूजा, अर्चना,
आराधना बाद में उतरते हैं।

---

*यह पुस्तक पढ़ने के बाद आप अपना अभिप्राय (विचार सेवा) इस पते पर भेज सकते हैं ...*
*Tejgyan Global Foundation, Pimpri Colony Post office, P.O. Box 25, Pune - 411 017. Maharashtra (India).*

# सरश्री अल्प परिचय

स्वीकार मुद्रा

सरश्री की आध्यात्मिक खोज का सफर उनके बचपन से प्रारंभ हो गया था। इस खोज के दौरान उन्होंने अनेक प्रकार की पुस्तकों का अध्ययन किया। अपने आध्यात्मिक अनुसंधान के दौरान उन्होंने लगभग सभी ध्यान पद्धतियों का भी अभ्यास किया। उनकी इसी खोज ने उन्हें कई वैचारिक और शैक्षणिक संस्थानों की ओर बढ़ाया। जीवन का रहस्य समझने के लिए उन्होंने **एक लंबी अवधि तक मनन करते हुए अपनी खोज जारी रखी, जिसके अंत में उन्हें आत्मबोध प्राप्त हुआ।** आत्मसाक्षात्कार के बाद उन्होंने जाना कि **अध्यात्म का हर मार्ग जिस कड़ी से जुड़ा है वह है– समझ (अंडरस्टैण्डिंग)।** उसके बाद उन्होंने अपने तत्कालीन अध्यापन कार्य को विराम लगाते हुए, लगभग दो दशकों से भी अधिक समय अपना समस्त जीवन मानवजाति के कल्याण और उसके आध्यात्मिक विकास हेतु अर्पण किया है।

सरश्री कहते हैं, 'सत्य के सभी मार्गों की शुरुआत अलग-अलग प्रकार से होती है लेकिन सभी के अंत में एक ही समझ प्राप्त होती है। **'समझ' ही सब कुछ है और यह 'समझ' अपने आपमें पूर्ण है।** आध्यात्मिक ज्ञान प्राप्ति के लिए इस 'समझ' का श्रवण ही पर्याप्त है।' इसी समझ को उजागर करने के लिए उन्होंने आज तक **तीन हज़ार से अधिक आध्यात्मिक विषयों पर प्रवचन दिए हैं,** जिनके द्वारा वे अध्यात्म की गहरी संकल्पनाएँ सीधे और व्यावहारिक रूप में समझाते हैं। समाज के हर स्तर का इंसान सरश्री द्वारा बताई जा रही समझ का लाभ ले सकता है।

यह समझ हरेक को अपने अनुभव से प्राप्त हो इसलिए सरश्री ने **'महाआसमानी परम**

ज्ञान शिविर' और उसके लिए आवश्यक कार्यप्रणाली (सिस्टम) की रचना की है, **जिसका लाभ लाखों खोजी ले रहे हैं।** यह व्यवस्था आय.एस.ओ. (ISO 9001:2015) प्रमाणित है, जिसने अनेक लोगों को सत्य की राह पर चलने की प्रेरणा दी है। इसी समझ के प्रचार और प्रसार के लिए उन्होंने 'तेजज्ञान फाउण्डेशन' नामक आध्यात्मिक संस्था की नींव रखी है। इस संस्था का मुख्य उद्देश्य है– **'हॅपी थॉट्स द्वारा उच्चतम विकसित समाज का निर्माण'।**

विश्व का हर इंसान आज सरश्री के मार्गदर्शन का लाभ ले सकता है, जिसके लिए किसी भी धर्म, जाति, उपजाति, वर्ण, पंथ, रंग या लिंग का बंधन नहीं है। विश्व के हर कोने में बसे लोग आज तेजज्ञान की इस अनूठी ज्ञान प्रणाली (System for Wisdom) का लाभ ले रहे हैं। इस व्यवस्था के एक हिस्से के रूप में **लाखों लोग रोज़ सुबह और रात को ९ बजकर ९ मिनट पर विश्व शांति के लिए प्रार्थना करते हैं।**

सरश्री को **बेस्टसेलर पुस्तक 'विचार नियम' श्रृंखला के रचनाकार** के रूप में भी जाना जाता है, जिसकी **१ करोड़ से ज़्यादा प्रतियाँ केवल ५ सालों में** वितरित हो चुकी हैं। इसके अलावा उन्होंने विविध विषयों पर **१०० से अधिक पुस्तकों का लेखन** किया है, जिनमें से 'विचार नियम', 'स्वसंवाद का जादू', 'स्वयं का सामना', 'स्वीकार का जादू', 'निःशब्द संवाद का जादू', 'संपूर्ण ध्यान' आदि पुस्तकें बेस्टसेलर बन चुकी हैं। ये पुस्तकें दस से अधिक भाषाओं में अनुवादित की जा चुकी हैं और प्रमुख प्रकाशकों द्वारा प्रकाशित की गई हैं, जैसे पेंगुइन बुक्स, जैको बुक्स, मंजुल पब्लिशिंग हाऊस, प्रभात प्रकाशन, राजपाल ऍण्ड सन्स, पेंटागॉन प्रेस, सकाळ प्रकाशन इत्यादि।

# तेजज्ञान फाउण्डेशन – परिचय

तेजज्ञान फाउण्डेशन आत्मविकास से आत्मसाक्षात्कार प्राप्त करने का एक रास्ता है। इसके लिए सरश्री द्वारा एक अनूठी बोध पद्धति (System for Wisdom) का सृजन हुआ है। इस पद्धति को अन्तर्राष्ट्रीय मानक ISO 9001:2015 के आवश्यकताओं एवं निर्देशों के अनुरूप ढालकर सरल, व्यावहारिक एवं प्रभावी बनाया गया है।

इस संस्था की बोध पद्धति के विभिन्न पहलुओं (शिक्षण, निरीक्षण व गुणवत्ता) को स्वतंत्र गुणवत्ता परीक्षकों (Quality Auditors) द्वारा क्रमबद्ध तरीके से जाँचा गया। जिसके बाद इन पहलुओं को ISO 9001:2015 के अनुरूप पाकर, इस बोध पद्धति को प्रमाणित किया गया है।

फाउण्डेशन का लक्ष्य आपको नकारात्मक विचार से सकारात्मक विचार की ओर बढ़ाना है। सकारात्मक विचार से शुभ विचार यानी हॅपी थॉट्स (विधायक आनंदपूर्ण विचार) और शुभ विचार से निर्विचार की ओर बढ़ा जा सकता है। निर्विचार से ही आत्मसाक्षात्कार संभव है। शुभ विचार (Happy Thoughts) यानी यह विचार कि 'मैं हर विचार से मुक्त हो जाऊँ।' शुभ इच्छा यानी यह इच्छा कि 'मैं हर इच्छा से मुक्त हो जाऊँ।'

ज्ञान का अर्थ है सामान्य ज्ञान लेकिन तेजज्ञान यानी वह ज्ञान जो ज्ञान व अज्ञान के परे है। कई लोग सामान्य ज्ञान की जानकारी को ही ज्ञान समझ लेते हैं लेकिन असली ज्ञान और जानकारी में बहुत अंतर है। आज लोग सामान्य ज्ञान के जवाबों को ज़्यादा महत्त्व देते हैं। उदाहरण के तौर पर कर्म और भाग्य, योग और प्राणायाम, स्वर्ग और नर्क इत्यादि। आज के युग में सामान्य ज्ञान प्रदान करनेवाले लोग और शिक्षक कई मिल जाएँगे मगर इस ज्ञान को पाकर जीवन में कोई बड़ा परिवर्तन नहीं होता। यह ज्ञान या तो केवल बुद्धि विलास है या फिर अध्यात्म के नाम पर बुद्धि का व्यायाम है।

सभी समस्याओं का समाधान है– तेजज्ञान। भय से मुक्ति, चिंतारहित व क्रोध से आज़ाद जीवन है– तेजज्ञान। शारीरिक, मानसिक, सामाजिक, आर्थिक और आध्यात्मिक उन्नति के लिए है– तेजज्ञान। तेजज्ञान आपके अंदर है, आएँ और इसे पाएँ।

यदि आप ऐसा ज्ञान चाहते हैं, जो सामान्य ज्ञान के परे हो, जो हर समस्या का समाधान हो, जो सभी मान्यताओं से आपको मुक्त करे, जो आपको ईश्वर का साक्षात्कार कराए, जो आपको सत्य पर स्थापित करे तो समय आ गया है तेजज्ञान को

जानने का। समय आ गया है शब्दोंवाले सामान्य ज्ञान से उठकर तेजज्ञान का अनुभव करने का।

अब तक अध्यात्म के अनेक मार्ग बताए गए हैं। जैसे जप, तप, मंत्र, तंत्र, कर्म, भाग्य, ध्यान, ज्ञान, योग और भक्ति आदि। इन मार्गों के अंत में जो समझ, जो बोध प्राप्त होता है, वह एक ही है। सत्य के हर खोजी को अंत में एक ही समझ मिलती है और इस समझ को सुनकर भी प्राप्त किया जा सकता है। उसी समझ को सुनना यानी तेजज्ञान प्राप्त करना है। तेजज्ञान के श्रवण से सत्य का साक्षात्कार होता है, ईश्वर का अनुभव होता है। यही तेजज्ञान सरश्री महाआसमानी परम ज्ञान शिविर में प्रदान करते हैं।

## महाआसमानी परम ज्ञान शिविर परिचय और लाभ (निवासी)

क्या आपको उच्चतम आनंद पाने की इच्छा है? ऐसा आनंद, जो किसी कारण पर निर्भर नहीं है, जिसमें समय के साथ केवल बढ़ोतरी ही होती है। क्या आप इसी जीवन में प्रेम, विश्वास, शांति, समृद्धि और परमसंतुष्टि पाना चाहते हैं? क्या आप शारीरिक, मानसिक, सामाजिक, आर्थिक और आध्यात्मिक इन सभी स्तरों पर सफलता हासिल करना चाहते हैं? क्या आप 'मैं कौन हूँ' इस सवाल का जवाब अनुभव से जानना चाहते हैं।

यदि आपके अंदर इन सवालों के जवाब जानने की और 'अंतिम सत्य' प्राप्त करने की प्यास जगी है तो तेजज्ञान फाउण्डेशन द्वारा आयोजित 'महाआसमानी परम ज्ञान शिविर' में आपका स्वागत है। यह शिविर पूर्णतः सरश्री की शिक्षाओं पर आधारित है। सरश्री आज के युग के आध्यात्मिक गुरु और 'तेजज्ञान फाउण्डेशन' के संस्थापक हैं, जो अत्यंत सरलता से आज की लोकभाषा में आध्यात्मिक समझ प्रदान करते हैं।

**महाआसमानी परम ज्ञान शिविर का उद्देश्य :**

इस शिविर का उद्देश्य है, 'विश्व का हर इंसान 'मैं कौन हूँ' इस सवाल का जवाब जानकर सर्वोच्च आनंद में स्थापित हो जाए।' उसे ऐसा ज्ञान मिले, जिससे वह हर पल वर्तमान में जीने की कला प्राप्त करे। भूतकाल का बोझ और भविष्य की चिंता इन दोनों से वह मुक्त हो जाए। हर इंसान के जीवन में स्थायी खुशी, सही समझ और

समस्याओं को विलीन करने की कला आ जाए। मनुष्य जीवन का उद्देश्य पूर्ण हो।

'मैं कौन हूँ? मैं यहाँ क्यों हूँ? मोक्ष का अर्थ क्या है? क्या इसी जन्म में मोक्ष प्राप्ति संभव है?' यदि ये सवाल आपके अंदर हैं तो महाआसमानी परम ज्ञान शिविर इसका जवाब है।

## महाआसमानी परम ज्ञान शिविर के मुख्य लाभ :

इस शिविर के लाभ तो अनगिनत हैं मगर कुछ मुख्य लाभ इस प्रकार हैं-

* जीवन में दमदार लक्ष्य प्राप्त होता है।
* 'मैं कौन हूँ' यह अनुभव से जानना (सेल्फ रियलाइजेशन) होता है।
* मन के सभी विकार विलीन होते हैं।
* भय, चिंता, क्रोध, बोरडम, मोह, तनाव जैसी कई नकारात्मक बातों से मुक्ति मिलती है।
* प्रेम, आनंद, मौन, समृद्धि, संतुष्टि, विश्वास जैसे कई दिव्य गुणों से युक्ति होती है।
* सीधा, सरल और शक्तिशाली जीवन प्राप्त होता है।
* हर समस्या का समाधान प्राप्त करने की कला मिलती है।
* 'हर पल वर्तमान में जीना' यह आपका स्वभाव बन जाता है।
* आपके अंदर छिपी सभी संभावनाएँ खुल जाती हैं।
* इसी जीवन में मोक्ष (मुक्ति) प्राप्त होता है।

## महाआसमानी परम ज्ञान शिविर में भाग कैसे लें?

इस शिविर में भाग लेने के लिए आपको कुछ खास माँगें पूरी करनी होती हैं। जैसे-

१) आपकी उम्र कम से कम अठारह साल या उससे ऊपर होनी चाहिए।

२) आपको सत्य स्थापना शिविर (फाउण्डेशन ट्रुथ रिट्रीट) में भाग लेना होगा, जहाँ आप सीखेंगे- वर्तमान के हर पल को कैसे जीया जाए और निर्विचार दशा में कैसे प्रवेश पाएँ।

३) आपको कुछ प्राथमिक प्रवचनों में उपस्थित होना है, जहाँ आप बुनियादी समझ आत्मसात कर, महाआसमानी परम ज्ञान शिविर के लिए तैयार होते हैं।

यह शिविर एक या दो महीने के अंतराल में आयोजित किया जाता है, जिसका लाभ हज़ारों खोजी उठाते हैं। इस शिविर की तैयारी आप दो तरीके से कर सकते हैं। पहला तरीका- मनन आश्रम (पूना) में पाँच दिवसीय निवासी शिविर में भाग लेकर, दूसरा तरीका- तेजज्ञान फाउण्डेशन के नजदीकी सेंटर पर सत्य श्रवण द्वारा। जैसे- पुणे, मुंबई, दिल्ली, सांगली, सातारा, जलगाँव, अहमदाबाद, कोल्हापुर, नासिक, अहमदनगर, औरंगाबाद, सूरत, बरोडा, नागपुर, भोपाल, रायपुर, चेन्नई, वर्धा, अमरावती, चंद्रपुर, यवतमाल, रत्नागिरी, लातूर, बीड, नांदेड, परभणी, पनवेल, ठाणे, सोलापुर, पंढरपुर, अकोला, बुलढाणा, धुले, भुसावल, बैंगलोर, बेलगाम, धारवाड, भुवनेश्वर, कोलकत्ता, राँची, लखनऊ, कानपुर, चंदीगढ़, जयपुर, पणजी, म्हापसा, इंदौर, इटारसी, हरदा, विदिशा, बुरहानपुर।

इनके अतिरिक्त आप महाआसमानी की तैयारी फाउण्डेशन में उपलब्ध सरश्री द्वारा रचित पुस्तकें या यू ट्यूब के संदेश सुनकर भी कर सकते हैं। मगर याद रहे ये पुस्तकें, यू ट्यूब के प्रवचन शिविर का परिचय मात्र है, तेजज्ञान नहीं। आप महाआसमानी परम ज्ञान शिविर में भाग लेकर ही तेजज्ञान का आनंद ले सकते हैं। आगामी महाआसमानी परम ज्ञान शिविर में अपना स्थान आरक्षित करने के लिए संपर्क करें : 09921008060/75, 9011013208

**महाआसमानी परम ज्ञान शिविर स्थान :**

यह शिविर पुणे में स्थित मनन आश्रम पर आयोजित किया जाता है। इस शिविर के लिए भोजन और रहने की व्यवस्था की जाती है। यदि आपको कोई शारीरिक बीमारी है और आप नियमित रूप से दवाई ले रहे हैं तो कृपया अपनी दवाइयाँ साथ में लेकर आएँ। वातावरण अनुसार गरम कपड़े, स्वेटर, ब्लैंकेट आदि भी लाएँ।

'मनन आश्रम' पुणे शहर के बाहरी क्षेत्र में पहाड़ों और निसर्ग के असीम सौंदर्य के बीच बसा हुआ है। इस आश्रम में पुरुषों और महिलाओं के लिए अलग-अलग, कुल मिलाकर 700 से 800 लोगों के रहने की व्यवस्था है। यह आश्रम पुणे शहर से 17 किलो मीटर की दूरी पर है। हवाई अड्डा, हाइवे और रेल्वे से पुणे आसानी से आ-जा सकते हैं।

**मनन आश्रम** : मनन आश्रम, पुणे, सर्वे नं. ४३, सनस नगर, नांदोशी गाँव, किरकट वाडी फाटा, तहसील - हवेली, जिला : पुणे - ४११०२४. फोन : 09921008060

# सरश्री द्वारा रचित अन्य श्रेष्ठ पुस्तकें

पृष्ठसंख्या : 176
मूल्य : ₹ 175

## ईश्वर से मुलाकात
### तुम्हें जो लगे अच्छा वही मेरी इच्छा

Also available in Marathi

कितनी शुभ है यह इच्छा, ईश्वर से मुलाकात करने की। क्या आपमें भी ऐसी इच्छा जगी है कि किसी दिन आप ईश्वर से मिल पाओ और बातें कर पाओ? यदि हाँ, तो देर किस बात की है? देर है आपके अंदर प्रार्थना उठने की।

यह प्रार्थना थी एक बच्चे की, जिसने मंदिर में अपने माता-पिता को ईश्वर की मूरत के आगे सिर झुकाते हुए देखा। बच्चे ने देखा कि कैसे मेरे माता-पिता रोज मंदिर आते हैं...यहाँ से थोड़ा-सा अमृत मिलने पर भी स्वयं को तृप्त महसूस करते हैं...रोज ईश्वर से बातें करते हैं...। तो उसके मन में प्रश्न उठा, 'हम तो रोज ईश्वर से बात करते हैं। ऐसा दिन कब आएगा, जब ईश्वर भी हमसे बात करेगा, हमसे मुलाकात करेगा?'

उस बच्चे का यह विचार उसकी प्रार्थना बन गया। इस प्रार्थना के बाद उस बच्चे को ईश्वर की सबसे खूबसूरत नियामत मिली–'भक्ति'; और वह बच्चा कहीं और नहीं, आपके अंदर है। भक्ति नियामत ईश्वर से मिलने का सबसे सहज व सरल मार्ग है। तो आइए, इस पुस्तक के जरिए भक्ति की इस खूबसूरत नियामत को समझें और कहें, 'तुम्हें जो लगे अच्छा, वही मेरी इच्छा।'

## ईश्वर ही है तुम कौन हो यह पता करो, पक्का करो

आत्मसाक्षात्कार पाने का मार्ग

Also available in Marathi

पृष्ठसंख्या : 176
मूल्य : ₹ 125

कभी-कभी हमारे मन में यह जिज्ञासा आती है कि मैं कौन हूँ, ईश्वर कौन है, मैं कौन नहीं हूँ इत्यादि। जब ऐसी जिज्ञासाओं का कोई हल नहीं मिलता, तो हमारे अंदर संशय और बेचैनी पैदा हो जाती है जिसका परिणाम यह होता है कि हमारा जीवन नकारात्मक विचारों के दुष्परिणामों से प्रभावित होता रहता है तथा हमारा चेतन विश्वास तथा अज्ञानता के भँवर में गोते लगाता रहता है। यह पुस्तक हमारी इन्हीं जिज्ञासाओं को शांत करती है।

इस पुस्तक के माध्यम से हम अपनी पूछताछ' का मार्ग तलाश सकते हैं और अपने मनोशरीरयंत्र की पूछताछ ईमानदारी के साथ करते हुए समझ' की मंजिल पा सकते हैं।

पुस्तक मूलतः ६ खण्डों में विभाजित है, जिसके प्रथम खण्ड में मशहूर मंत्र' यानी अपने होने के एहसास' की कला समझाई गई है। अन्य खण्डों में ईश्वर कौन', मैं कौन नहीं' मनोशरीर यंत्र कौन', मैं कौन' और अन्त में गुमनाम मंत्र' के द्वारा हम अपनी पूछताछ की संपूर्ण विधि जानकर अपना लक्ष्य प्राप्त कर सकते हैं।

## – तेजज्ञान इंटरनेट रेडियो –

२४ घंटे और ३६५ दिन सरश्री के प्रवचन और
भजनों का लाभ लें,
तेजज्ञान इंटरनेट रेडियो द्वारा। देखें लिंक
http://www.tejgyan.org/internetradio.aspx

हर रविवार सुबह १०.०५ से १०.१५ तक रेडियो
विविध भारती, एफ. एम. पुणे पर 'हॅपी थॉट्स कार्यक्रम'

www.youtube.com/tejgyan
पर भी सरश्री के प्रवचनों का लाभ ले सकते हैं।
For online shoping visit us - www.tejgyan.org,
www.gethappythoughts.org

पुस्तकें प्राप्त करने के लिए नीचे दिए गए पते पर मनीऑर्डर द्वारा पुस्तक का मूल्य भेज सकते हैं। पुस्तकें रजिस्टर्ड, कुरियर अथवा वी.पी.पी. द्वारा भेजी जाती हैं।
पुस्तकों के लिए नीचे दिए गए पते पर संपर्क करें।
* WOW Publishings Pvt. Ltd. रजिस्टर्ड ऑफिस-E-4, वैभव नगर, तपोवन मंदिर के नज़दीक, पिंपरी, पुणे- 411017
* पोस्ट बॉक्स नं. 36, पिंपरी कॉलोनी पोस्ट ऑफिस, पिंपरी, पुणे - 411017
फोन नं.: 09011013210 / 9146285129
आप ऑन-लाइन शॉपिंग द्वारा भी पुस्तकों का ऑर्डर दे सकते हैं।
लॉग इन करें - www.gethappythoughts.org
500 रुपयों से अधिक पुस्तकें मँगवाने पर 10% की छूट और फ्री शिपिंग।

## तेजज्ञान फाउण्डेशन – मुख्य शाखाएँ

### पुणे (रजिस्टर्ड ऑफिस)
विक्रांत कॉम्प्लेक्स, तपोवन मंदिर के नज़दीक,
पिंपरी, पुणे-४११ ०१७. फोन : 020-27411240, 27412576

### मनन आश्रम
सर्वे नं. ४३, सनस नगर, नांदोशी गाँव, किरकटवाडी फाटा,
तहसील- हवेली, जिला- पुणे - ४११ ०२४.
फोन : 09921008060

### e-books
• The Source • Celebrating Relationships
• The Miracle Mind • Everything is a Game of Beliefs
• Who am I now • Beyond Life • The Power of Present
• Freedom from Fear Worry Anger • Light of grace
• The Source of Health and many more.
Also available in Hindi at gethappythoughts.org

### Free apps
U R Meditation & Tejgyan Internet Radio on all platforms like Android, iPhone, iPad and Amazon

### e-magazines
'Yogya Aarogya' & 'Drushtilakshya'
emagazines available on www.magzter.com

### e-mail
mail@tejgyan.com

### website
www.tejgyan.org, www.gethappythoughts.org

www.ingramcontent.com/pod-product-compliance
Lightning Source LLC
LaVergne TN
LVHW040159080526
838202LV00042B/3239
* 9 7 8 8 1 8 4 1 5 6 9 6 6 *